三上こた
illust. ゆがー
うちの清楚系委員長がかつて中二病アイドルだったことを俺だけが知っている。
JN0192218

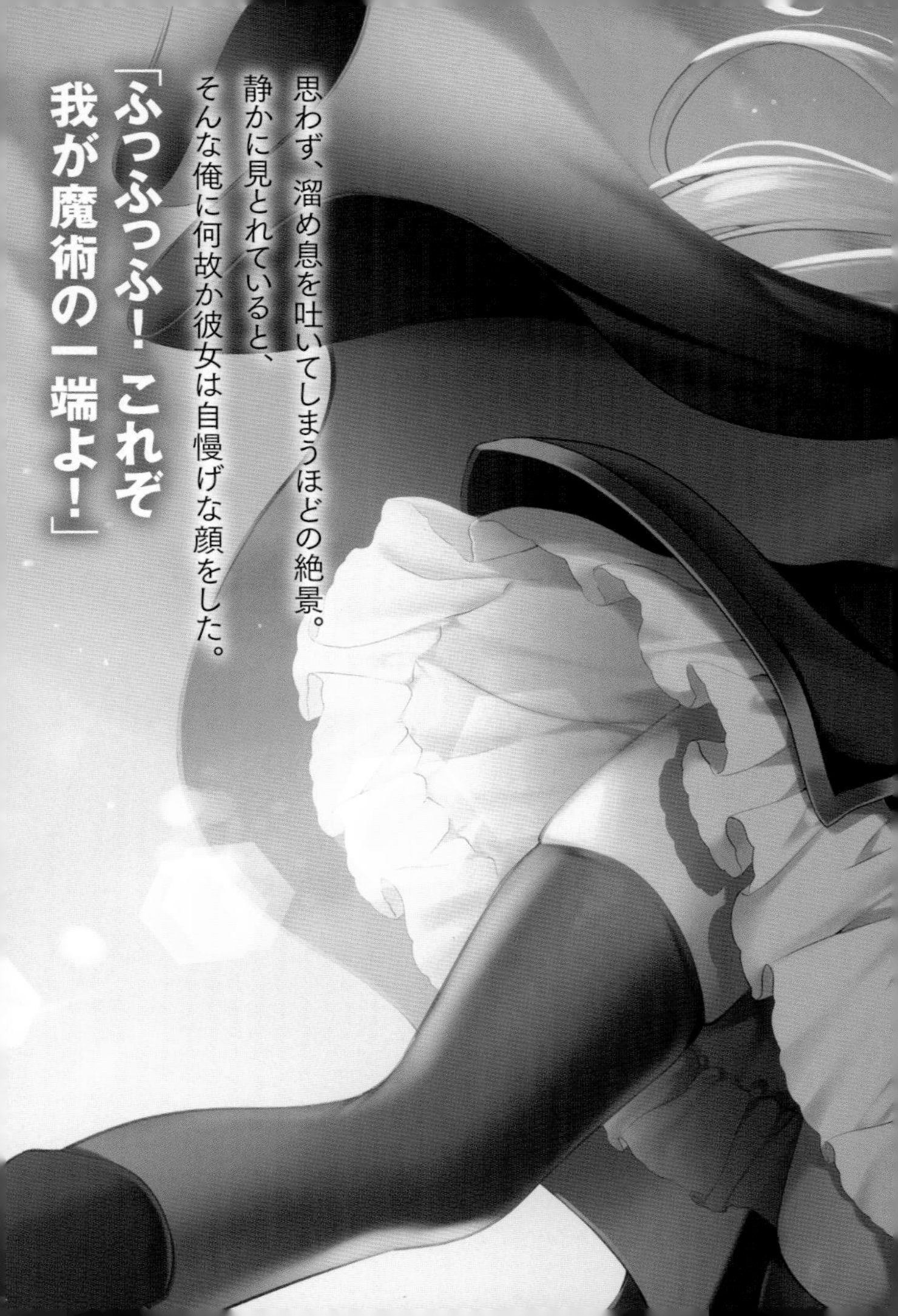
思わず、溜め息を吐いてしまうほどの絶景。
静かに見とれていると、
そんな俺に何故か彼女は自慢げな顔をした。
「ふっふっふ！　これぞ
我が魔術の一端よ！」

「きゃっ⁉」
――気付けば、
凪は俺を押し倒すように
密着していた。

「とにかく今の私は昔と違うの」
十七夜 凪
玲緒のクラスメイトで、クラス委員長。中二病アイドルのメアとして活動していたが、今は中二病を卒業している。
「待たせたな。我が盟友！」
メア
ナイトメアディザスター
『災禍の悪夢』を自称する中二病少女。玲緒との活動を経てアイドルデビューしたが、突然引退していた。

CHARACTER
「見た目が変わろうが中身が変わろうが、何も変わったりしねえよ」
むつ いぶき
陸奥 一颯
去年の生徒会の書記で、前生徒会長の妹。生徒会長選挙に立候補し、凪のライバルとなる。
「いい信頼関係ね。ちょっと妬けちゃうわ」
「やっほ。随分気持ちよさそうに寝てたねえ、玲緒君」
みや はら つむぎ
宮原 紬
玲緒のクラスメイト。被服部に所属している。
くるす れお
来栖 玲緒
高校一年生。
中学時代にメアと出会って友人となり、彼女の活動のサポートをしていた。

CONTENTS

UCHINO SEISOKEI IINCHOU GA KATSUTE CHU-2 BYOU IDOL DATTA KOTO WO ORE DAKE GA SHITTE IRU

うちの清楚系委員長が かつて中二病アイドルだった ことを俺だけが知っている。

三上こた

講談社ラノベ文庫

口絵・本文イラスト／ゆがー
デザイン／松浦リョウスケ（ムシカゴグラフィクス）
編集／庄司智

プロローグ ✦あるいは後に黒歴史に染まる黄金時代。✢

──水溜まりに映った夕焼けにカメラを向ける。

カシャッと音を立てて画面に閉じ込められた景色は美しく、俺は満足して頷いた。

「夕立に降られた時は最悪だと思ったけど、こういう報酬があるならトントンかな」

公園のベンチでそう一人呟いていると、入り口から誰かが入ってくるのが見えた。

「待たせたな。我が盟友！」

張りのある声で俺に声を掛けてきたのは、あまりにも奇抜な一人の少女だった。

夕日を弾いて輝く銀色の長髪、作り物めいた緑と赤のオッドアイ、ゴシックな雰囲気の漂うモスグリーンの軍服ワンピース。

「おせえぞ、メア」

俺が公園のベンチから立ち上がると、約束の時間より十五分遅れてやってきた少女は、何故か悪びれることなく胸を張った。

「ふっ……神々の手先に察知されたようでな。鉄の蛇に乗ってきたのだが、嵐によって妨害されてしまった。許せ」

翻訳『夕立で電車のダイヤが乱れちゃった。ごめんね』

厨二言語翻訳能力を使うと、今の台詞はこういう意味になる。

「ま、雨なら仕方ねえか。衣装を濡らしてないだけ合格だ」

なんせこれから撮影なのだ。濡れ鼠を撮るのは遠慮したいところだった。

「うむ！　さすが我が盟友。大事なことをよく分かっている」

俺が許したことに安堵したのか、不敵に笑いながらもうんうんと頷くメア。

言うことも格好も一人称も全てが痛い中二病少女。

ちなみに自称している名前は『災禍の悪夢』。黄昏に現れ、闇の世界の半分を支配する女王らしい。長いから俺はメアと呼んでるが。

こんな痛々しい子なのに全てが様になっているのは、美少女と呼べるほど彼女の顔の造形が整っているからか、それとも退屈な日常に迎合してやるものかという意思が全身から滲み出ているからか。恐らくは両方だろう。

「とはいえ、詫びはいるだろう。妾からの贈り物だ、受け取るがいい！」

パチンと指を鳴らしたメアは、その手で俺の背後を指差した。

振り向けば、そこには雨上がりの夕焼けに虹が架かり、美しく空を彩る光景が広がっている。

「おぉ……綺麗だな」

思わず、溜め息を吐いてしまうほどの絶景。

静かに見とれていると、そんな俺に何故か彼女は自慢げな顔をした。

「ふっふっふ！　これぞ我が魔術の一端よ！　というわけで、虹が消える前にさっさと撮影するぞ、盟友！」

ただの自然現象だろ、というツッコミはもちろんしない。

俺はただ苦笑交じりに頷いて、カメラを構えた。

「はいよ。じゃあメア、早速やるぞ」

虹をバックにポーズを取った少女を撮影する。

写真を撮り、SNSに上げて、評価をもらう。

この半年間、それを繰り返した結果、それなりにフォロワーも増えてきた。

写真を撮る時にメアが着けていたアクセサリーは売り上げがよくなるし、それを目当てに企業が案件を依頼してきたことも何度かある。

「今日の写真は出来がいいな。割とバズりそうだ」

「うむ！　そうであろう！　まあモデルが妾の時点で勝ち確だがな！」

俺たちは互いに本名も知らない。通っている学校も違う。住んでる場所も分からない。

でも、この時間は俺たちにとって大事なもので、『特別』なものだとお互いに認識している。

ただ、それだけで十分なのだ。

これが俺、来栖玲緒（くるすれお）——通称・盟友と、『災禍の悪夢（ナイトメアディザスター）』——通称・メアの日常。

そんな日々は、メアが芸能事務所にスカウトされて地元を離れるまで続いたのだった。

一章　元中二病にとって思い出話はほぼ凶器。

ふと、チャイムの音で目を覚ます。

「ふわぁ……」

あくび混じりに上半身を起こすと、ちょうどHR(ホームルーム)が終わったところらしく、担任教師に続いて他の生徒たちが教室から出ていく姿が見えた。

「……いかん。寝すぎた」

五月のぽかぽか陽気に負け、六限目が終わるなり少しだけ仮眠を取ろうと思ったのだが、どうやらそのままHR終わりまで爆睡してしまったらしい。

おかげで妙に懐かしい夢を見た。

「やっほ。随分気持ちよさそうに寝てたねえ、玲緒(れお)君」

俺が状況を把握するのと同時、一人の女子がくすくすと笑いながら目の前にやってきた。

肩まであるふわふわの金髪と翡翠(ひすい)のような瞳。小柄な体つき。

どこか小動物めいた可愛(かわい)らしさを持つ少女は、楽しそうに俺の寝起き顔を眺めていた。

彼女の名は宮原紬(みやはらつむぎ)。俺のクラスメイトにして数少ない友人である。

「観察してないで起こしてほしかったんだが」

抗議をする俺に、宮原は素知らぬ顔で肩を竦(すく)めてみせた。

「いや、めっちゃ気持ちよさそうに寝てたからさ。よっぽどいい夢見てたんだね」

からかうような宮原の言葉に、俺は思わず黙り込む。

まあ確かにいい夢と言えばいい夢だ。

俺とあの激痛(げきいた)女、『災禍の悪夢(ナイトメアディザスター)』の間にあった不思議な日々。

いったい、どうして今さらになって夢に見たのかは分からないけど。

「あれ、図星？　もしかして女の子とデートする夢とか？　しかも相手が有名人だったり」

「む……」

当たらずとも遠からずなことを言われて、俺は驚いた。

それを見て、さらに宮原は悪戯(いたずら)っぽい流し目を向けてくる。

「誰とのデートだったか当ててあげよっか？　『災禍の悪夢(ナイトメアディザスター)』ちゃんでしょ」

なんだこいつ、超能力者かよ。

愕然(がくぜん)とする俺に、宮原は満足げに頷(うなず)いてみせた。

「よし、これも当たりみたいだね」

「……なんで分かった？」

あまりの的中率に驚きを通り越して軽く引く俺に、宮原はある一点を指差してみせた。

「いやだって、これ」

その指先を追うと、あったのは俺のスマホ。

画面には、『災禍の悪夢（ナイトメアディザスター）』の記事が載っていた。

ニュースサイトを見てたら久々にメアの名前が出てたから、つい読み耽（よふけ）ってたんだっけ。

どうやら、これを読みながら寝落ちしたせいで妙な夢を見たらしい。

「……超能力者じゃなくて探偵だったか」

「ふっふっふ、初歩的な推理だよ？　ワトソン君。それにしても、玲緒君もメアちゃん好きなんだ。私もファンだったんだよねー」

同好の士（し）を見つけたと思ったのか、宮原の目がきらきらと輝く。

「……まあ、確かに俺もよく見てたよ」

俺の友人だった『災禍の悪夢（ナイトメアディザスター）』は、ＳＮＳでの活動が芸能事務所の人間の目に留まり、アイドルとして芸能界デビューすることになった。

あのキャラの濃さは芸能界でも十分通用するものだったらしく、中二病アイドルとして頂点に上り詰める——寸前までいった。

「やっぱり？　でも唐突に引退した時はショックだったよね。あれからもう半年くらい？」

そう。メアの奴は天下を取る寸前になって、唐突にアイドルを引退した。

急なことで驚いたが、あいつらしい突飛さだと思ったことを覚えている。

「そうだな。せっかく売れてたのにもったいない……ふわぁ」

まだ眠気の残滓が残っていたのか、受け答えしながら俺は欠伸を嚙み殺す。

それを見て、宮原は苦笑した。

「ほんとマイペースだなあ。HR中も爆睡してるし。クラス中から注目されてたよ？」

「なんだ、そんな面白い寝顔してたのか？　誰か写真撮ってないかな」

「凄まじいふてぶてしさなんだけど。玲緒君は目立ちたがり屋でもないのに、やたら注目浴びるのに抵抗ないよね」

「まあな。減るもんでもないし、人に見られるくらい気にしてたらきりがないだろ」

そう宮原に答えるのと同時、教室のドアが開いた。

「あ、待っててもらってごめんね、紬。日報出し終わったから」

入ってきた女子生徒が、宮原を見るなり朗らかに笑う。

艶やかな長い黒髪と、白い肌。よく見れば整った顔立ちながら、どこか垢抜けない地味な印象の少女。

確か……十七夜凪だっけ。

俺との接点はほぼないが、珍しい名前だったので印象に残っていた。

「もう。クラス委員長だからって、休んだ日直の仕事まで肩代わりしなくていいのに」

委員長と友人なのか、宮原は気さくな態度で応じている。

「あ……えと、来栖君もいたんだ」

と、そこで俺の存在に気付いたのか、委員長はぎこちない表情を浮かべた。

「……よう」

委員長から感じる謎の緊張感に呑まれて、俺も微妙に身構えてしまう。

こうして面と向かって話すのは初めてなため、距離感が分からない……が、硬い表情と落ち着きなく彷徨い始めた視線に、なんとなく拒絶の意思を感じる。

「あー、ごめん。凪ちゃんってば人見知りだから」

俺たちの間の微妙な空気に気付いたのか、宮原が取りなすように割って入ってきた。

まあ、確かに見るからに人見知りという雰囲気である。

そういえばクラス委員長の役割も、周りから押しつけられたのに強く嫌だと言えなかったせいで就任していたはずだ。

「そうなのか。それは悪いことした」

「いえ……」

俺が一歩引くと、委員長も申し訳なさそうに身を縮める。

そうして少し空気が重くなりかけた時、宮原が何か思いついたようにぽんと手を叩いた。

「そうだ。玲緒君って人前でも全然緊張しない体質でしょ？　なにか人の目が平気になるコツとか教えてあげてよ」

「コツかあ……」

「そう、何か簡単に真似できそうなやつをお願い」

宮原に頼まれた俺は、少し考えてから思いついたことを口にする。

「じゃあベタなのを一つ。周りの人間をじゃがいもに思えって手法あるだろ？」

「うん、よく聞くね。ステージに立った時に緊張しなくなる暗示でしょ？」

「あれって周りがみんなじゃがいもなのに、自分だけ人間だと思うと疎外感あるよな……」

「何の話⁉」

「人類が滅び、じゃがいもたちが闊歩する世界。そんな世界に残された最後の人類が自分。そう考えると、生きるのに必死すぎて緊張とかしてる余裕なくなると思うんだよな。よって周りをじゃがいもと思うのがコツです」

「解釈が独特すぎて参考にできないんだけど！　なんで急に文明崩壊後みたいなSF設定になってんの⁉　頼んだ私が馬鹿だったよ！」

むぅ……一生懸命答えたのに、なんて言いぐさだ。

「ええと、が、頑張ってそう思い込んでみるね……」

宮原と違ってツッコミを入れるだけの胆力もないのか、委員長はぎこちなく頷いた。

「いや凪ちゃんも無理しなくていいし！　今のやりとり全部脳から消していいからね！」

友人がＳＦ世界にダイブしようとするのを、慌てたように止める宮原。

「まったく……ただでさえ仕事を抱えてるのに、余計な作業が増えるところだったよ」

深々と溜め息を吐く宮原に、俺はふとあることに気付く。

「仕事？　もしかして宮原、わざわざそのために残ってたのか？」

「その通りだよ。凪ちゃんが今着ている制服のサイズがちょっと体に合わないから、サイズ直しをしてあげることになって。ほら、私って被服部だし？」

委員長を見れば、確かに少し制服のサイズが大きいように見える。

とはいえ、今は一年生の六月だ。成長するかもと考えてわざわざ大きめを買っただろうに、こんなに早く成長を諦めるものだろうか。

「凪ちゃんは今、生徒会長選挙に立候補してるからね。少しでも見栄えのいい選挙ポスターの写真を撮るためにサイズ感ピッタリにしたいわけよ」

疑問が顔に出ていたのか、宮原がそう補足してくれた。

「生徒会長選挙……一年でも出られるんだな。にしても、人見知りなのに選挙に出るとは」

「ひ、人見知りな自分を変えたくて」

また誰かに押しつけられたのかと思ったのだが、委員長はそれを否定するように出馬の動機を口にした。

「そうなのか。思い切ったことするな」

微妙に誤魔化すようなニュアンスを感じたが、そこを突っ込むほどの関係ではないので、俺はスルーすることに。

「というわけで、私と凪ちゃんはとっても忙しいのです。玲緒君も昼寝するくらい暇なら選挙運動を手伝っ──」

「おっと、急用を思い出した。俺は帰ることにするわ」

面倒ごとがこっちにも降りかかる気配を感じた俺は、早々に鞄(かばん)を持って立ち上がる。

「むぅ……逃げられた」

不満そうな宮原の声を背中に、俺は教室を後にした。

──あとから振り返ってみれば。

ここが運命の分岐点というやつだったのだろう。

「……と言っても、普通に暇なんだよな」

人気のない廊下でぼーっと外を眺めながら、俺はぽつりと呟く。

メアといた頃に無茶苦茶をやった反動か、それとも一人では何もできない男なのか、高校に入ってからの俺は退屈を持て余し気味だった。

「面倒ごとはごめんだけど、退屈なのも考えものだな……って、なんだあれ？」

ふと窓の外を見れば、グラウンドの外周に雑木林が広がっていた。

が、俺が注目したのはその奥。雑木林の中に、古い校舎が建っている。

「……そういえば旧校舎があるって言ってたな。ちょっと行ってみるか」

あまりにも暇すぎたからか、俺は衝動的に昇降口を出ていた。

グラウンドの外に向かうと、柔らかい腐葉土を踏みしめながら雑木林の中を突っ切る。

一般生徒には全く用がない施設なため足を運ぶのは初めてだが、幸いにも獣道よりはちょっと上等な道が整備してあり、迷うことなく目的地にたどり着けた。

「なんか昔のことを思い出すな」

メアの写真を撮るため、見知らぬ場所にあちこち行って撮影スポットを探し回ったっけ。

そんなことを思いながら旧校舎に入ると、ギシギシときしむ廊下と古い木材の匂いが俺を出迎えてくれる。

全体的にボロいが、確か一部の部活が部室代わりに使っているとかで、意外と手入れされているようだった。

「へえ……よさそうだな」

このレトロな空気感、背景にしたら映えそうだな。

この場所に合わせるならメアの衣装はどんなものに――。

「……って、いかんな。何を考えてるんだか」

昔のことを思い出したせいか、思考まであの頃みたいになっている自分に苦笑しながら、俺は廊下を進んでいく。

と、その先で教室を見つけた。

……室内はどんな感じだろうか？

そんな好奇心が湧いた俺は、中の様子をチェックするべくドアを開けた。

――その瞬間、俺の目に飛び込んできたのは下着姿の委員長だった。

「え……」

ぽかんとした委員長の声と、突然の事態に絶句する俺。

時間が止まったような室内で、眼前の光景だけが網膜に焼き付けられていく。

すらりとした色白の肢体。

水色のブラに包まれた胸は大きくはないものの確かな膨らみがあり、華奢な身体とバランスが取れていて、絶妙な色気を醸し出していた。

瞬間、室内にある裁縫道具がここを被服部の部室だと示していて、宮原が制服のサイズ直しをした後、委員長が着替えているタイミングで俺が来たのだと察する。

「なっ、なっ、なっ……！」

俺が事情を理解して硬直している間に、委員長のほうは頭が再起動したのか、手に持っていた衣服で身体を隠しながらじりじりと後ずさる。

が、やはりまだ周りが見えるほどの余裕はなかったのか、後ろにあったロッカーに音を立ててぶつかってしまった。

それがよくなかったのだろう、衝撃を受けたロッカーの上部でガタンと音がする。

見れば、ロッカーに載っていた段ボール箱が、ぐらりと委員長の頭に落ちようとしていた。

「危ない！」

そこでようやくフリーズから立ち直った俺は咄嗟に手を伸ばすが、間に合わない。

「え――きゃっ⁉」

軽い音を立てて、委員長の頭に段ボールが衝突した。

「だ、大丈夫か⁉」

慌てて駆け寄る。ぶつかった時の音は軽いものだったが、さすがに心配だ。

「なんだこれ……ウィッグか？」

落ちてきたものを見れば、被服部の備品らしい色とりどりのウィッグだった。

これなら怪我はないと思い、ほっとする。

その間に、ウィッグの山に埋もれていた委員長がもぞりと動いて飛び出てきた。

「委員長、大丈――え？」

その姿に、俺は再びフリーズする。

上半身を起こした委員長の頭には、ちょうどよくウィッグが載っていた。

どこかで見たような銀髪のウィッグ。それを被った委員長の姿は――どこからどう見ても『災禍の悪夢』そのものだった。

「は……いや、え？　メア？」

俺の呼びかけで状況が分かったのか、委員長ははっとしたように自分の頭を触る。

その感触で自分がウィッグを被っていることと、その色が分かったのか、みるみるうちに青ざめていった。

「うわ、最悪……！」

ぶつぶつ何事かを呟く委員長だったが、俺の耳には入らない。

ただ、久しぶりにサプライズ対面した友人への驚きだけがあった。

「いやマジかよ！　え、本人だよな？　そっくりさんとかじゃなく！　俺のこと覚えてるか⁉」

「ええ、もちろん。よく覚えてるよ」

「はは、本当に本人かよ！　同じ高校に進学してたんだな！　つーか、なんで今まで黙ってたんだよ！」

驚きと喜びにハイテンションで接する俺だったが、委員長改めメアは反応しない。

ただ何かを堪えるようにプルプルと震えていた。

「……言いたいことは色々あるけど、まず一つだけ言っておくね」

「なんだ？」

小首を傾げる俺に、下着姿のメアは真っ赤な顔で怒鳴った。

「なんでもいいから今すぐ出てけ！」

——そうして俺は、被服部の部室から叩き出されたのだった。


俺たちにとって不幸中の幸いは、宮原がたまたまトイレで席を外していたことだろう。

おかげで混乱を最低限に抑えられた俺たちは、一旦解散した後、落ち着いて話をするために校外で落ち合うことにした。

待ち合わせ場所は、路地裏にある隠れ家的喫茶店。

学生が来るには少し高い価格帯なため、学校の知り合いに会う心配もなく、内緒話にピッタリな空間である。

席に着いた俺は、対面に座る委員長を改めて観察した。

透き通るような白い肌と美人寄りの顔立ち。記憶にあるより少し大人っぽくなってはいるものの、確かに『災禍の悪夢(ナイトメアディザスター)』と同じ造形をしている。

「一応、もう一回だけ改めて確認するけど……お前、メアだよな？」

「……はい」

俺の確認に、まるで取り調べでも受けているかのように項垂(うなだ)れて応じるメア。

「十七夜凪って名前だったんだな」

「……まあね」

数年来の友人の名前を初めて知るというのもなかなか奇妙なものだ。

とはいえ、まだまだ疑問は尽きないが。

「なあメア。お前、なんでそんな変装してるんだ？　黒髪だし目の色もオッドアイじゃないし。闇の眷属(けんぞく)の特徴どこに置いてきた？　まるで人間みたいじゃねえか」

もしや新たな設定アップデートが入ったのかと思って訊(たず)ねると、何故(なぜ)かメアは俺の言葉に頭を押さえて苦しみ始めた。

「ああああああ、ストップ！　それ以上はやめて！　死んじゃうから！　心臓破裂しちゃうから！」

「なんだと……まさか呪いでもかけられたのか⁉　確か闇の世界の覇権を競い合うもう一つの勢力があるとか言ってたな。そいつらの仕業か⁉」

俺が深刻な表情で問いかけると、メアはテーブルに突っ伏して震えてしまう。

「やめて……マジでやめて……」

そんなメアの態度に、俺は小首を傾げる。

「おいおい、なんでだよ。俺は盟約により魂で結ばれた盟友だぞ？　なんでも相談してくれていいのに」

「分かっててイジってるでしょ！」

バネ仕掛けのように勢いよく飛び上がったメアは、涙目で俺を睨み付けてくる。

まあ最初から薄々事情を察していた俺は、一連の反応で改めて確信を得た。

「なるほど。つまり……中二病が完治したんだな？」

「……はい」

俺の推測に、力なく頷くメア。

俺を盟友と呼んでいた頃の彼女は、ちょうど中学二年生。一説によると人の一生の中で最も多くの黒歴史を生み出すという年齢である。

　こちらの十七夜凪ちゃんもその説に漏れず、『災禍の悪夢（ナイトメアディザスター）』という超特大の黒歴史を作ってしまい、精神が成長した今、痛い目に遭っているわけだ。

「いつかこうなるとは思ってたけど、とうとう大人になってしまったんだな。子供の国（ネバーランド）からのご卒業おめでとうございます」

「やかましいよ！」

　パチパチと拍手していると、その手をぺちんと弾（はじ）かれた。

「まあまあ、このくらい言わせろ。なんせ入学から二ヵ月スルーされてたわけだからな。旧友にガッツリ避けられた俺の寂しさの代償よ」

　なんなら今回みたいなアクシデントがなければ、卒業までスルーされてた可能性が高い。

　そう考えると、あの時素直に手伝わずに散歩する英断を下したのは正解だった。

「……ふん。顔を見ても気付かないほうにも問題あると思うけど？　私はすぐ気付いたのに」

　が、メアはメアで俺に思うところがあったらしく、じとっとした目でこっちを見てきた。

「いや気付かないって。銀髪じゃないし、オッドアイでもないし、軍服ワンピも着てないし、一人称が妾（わらわ）じゃないし、俺のことを盟友って呼ばないし」

「あああああ！　心の柔らかい部分におろし金をかけられるよぉ……！　さらにタバスコ塗り込まれるよぉ……！」

あ、やべ。今度は悪意なく弁明しただけだったが、地雷踏んだらしい。

手で顔を覆って悶える彼女を見ると、さすがにちょっと申し訳なくなった。

「すまん。謝るから機嫌直せ、メア」

「ごめん、その呼び方もやめて」

地雷が多いな、こいつ。

「分かったよ、委員長」

今まで通りの呼び名に戻すと、それでも委員長は何故かちょっと不満そうにした。

「……凪って呼んでいいけど」

「そうか。じゃあ俺のことは今まで通り盟友って呼んでいいぞ」

「呼ばないよ！」

叫んでから、コホンと咳払いをする委員長……じゃなくて凪。

「とにかく今の私は昔と違うの。あんなふうに悪目立ちする気はないし、目立たず穏やかな高校生活を送るのが目標なんだから」

大真面目な表情でそう宣言する凪。

あの『災禍の悪夢』が変われば変わるものだ……と思ったものの、そこで新たな疑問が生まれた。

「目立たず穏やかに……なんでそんなこと考えてる凪が生徒会長選挙なんかに出てるんだ？　目立てばそれだけ正体バレするリスクは上がるだろ？　まさか本当に人見知りを直すためとかじゃないよな」

　ぱっと見の印象が全然違うから俺は気付かなかったが、それでも顔の造形は昔とほとんど変わっていないのだ。鋭い人が見れば、気付くかもしれない。

「それには深い訳があってね……」

　俺の問いかけに、凪は暗い表情を浮かべた。

「ほら、私って中二病キャラでアイドルやってたでしょ？　まあキャラっていうか普通に素だったんだけど……でも、だからこそ中二病が治った時のダメージは大きくてね……」

「なるほど。それでアイドルを辞めたと」

『災禍の悪夢（ナイトメアディザスター）』は純度一〇〇％の中二病が生み出したキャラである。

　作り物のキャラじゃない本物の中二病だからこそ輝いていたし、人を惹（ひ）きつける何かがあったのだ。

　それだけに、中二病が治ってしまった時には取り返しが付かない。

　技術や演技で作っていたものではなかったから、元には戻らなかったのだろう。

「そういうこと。表向きは学業に集中したいってことにしたけど、実際は中二病キャラをやるのがもう辛くて仕方なかっただけ。けど、芸能界って辞めたいと思ってすぐ辞められるものでもないんだよね」

深々と溜め息を吐く凪。

まあ、芸能事務所の所属には当然ながら契約期間というものがある。

『災禍の悪夢』は本当に天下を取りかけていた。いくら本人が二度と同じキャラはできないと言っても、はいそうですかと手放すわけもないだろう。

が、その事実は今の状況とちょっと辻褄が合わない。

「にもかかわらず、お前は表向きには引退できたわけだ。違約金でも払ったか？」

こいつもそれなりに稼いでいただろうから、札束を叩きつけて辞めてきた可能性は十分ある。

が、凪は首を横に振った。

「残念。本当はそれが一番よかったけど……私、キャリア浅くてギャラ安いほうだったからね。あと結構中二病由来の無駄遣いしてたし……服とか装飾品とかインテリアとか」

後半部分は気まずそうに呟く凪である。

アイドル時代の彼女の活動をそれなりに追っていた俺は、なんのことを言っていたのかすぐに分かった。

「ああ……そういやお前、『闇の世界にある妾の城の一室を現世に召喚した』とか言って、自分の部屋にすげえ派手で暗黒な装飾を施してたよな」

　ワインレッドのカーペット、玉座かと思うほど豪奢な椅子、フリルの付いたカーテン、ルールもよく知らないのに置かれたチェス盤。

　あの中二病部屋は、一度見ただけでも忘れられない凄まじいオーラがあった。

「うぐぐぐ……私はなんであんな無駄遣いを……！　あの天蓋付きキングサイズベッドとか絶対いらなかったのに……！」

　黒歴史＆経済的ダメージによってまた苦しみ始める凪であった。

「おい、過去の自分から経済的ＤＶ受けるのはその辺にしとけ。それより、金もないならどうやって引退まで持っていったんだ？」

　そう訊ねると、過去の無駄遣いから目を逸らすことができたのか、凪は真剣な表情になって本題に戻った。

「うん。それはね、この学校の生徒会長になることを条件に引退を認めてもらったの」

「は？」

　予想外の条件に、俺はぽかんとしてしまう。

　そのリアクションを見ながらも、凪は真顔を崩すことなく語り続けた。

「翠洸って結構歴史が古いでしょ？　今はともかく、昔はそれこそ名門って呼ばれるような学校だったって」

「ああ。なんか聞いたことあるな」

　今では時代の流れもあり、『そこそこいい私立』くらいの学校になっているが、平成の中期くらいまでは名門校……いわゆる良家の子女が入るような学校だったらしい。

「うん。特に生徒会には権威があったらしくて、黄金期には政財界の大物って呼ばれるような人たちを何人も輩出してるんだ」

「ほう……けど、そこに元中二病アイドルを並べて事務所に何の得があるんだ？」

　政財界の大物たちの群れに中二病アイドルが交ざってるとか、考えるだけで超面白いし見てみたい気持ちは分かるが、いくらなんでもそれだけで引退を許可しないだろう。

「生徒会長の経験者にはね、すごく強い縦の繋がりができるの。優秀な人材と見なされるから、ＯＢたちは自分の組織や派閥に入れるため青田買いしたり、将来的に協力関係を作ったりするためにコンタクトを取ってくるんだって」

「たかが高校生に対して、そこまでするのか」

　スポーツ選手でもあるまいし、こんな子供のうちから縁を作るなんて、気が早すぎる気がする。

「高校生だから、だよ。大学や社会人になってからだと自分と違う学閥に進むとかで、完全な味方にできなかったりするから。自分の母校を受験するのを条件に色んな支援をしたりして、完全に自分と同じ勢力の人間に育て上げるのが目的みたい」

……なるほど。そう言われると合理的な気がする。

そして、ここまで情報が揃えば、俺も凪の事務所が何を考えているのか分かった。

「それで、その生徒会長特有のコネを作って、大物たちとのパイプ役になれたら釈放してやろうって言われたのか」

「そういうこと」

こくりと頷き、コーヒーを一口飲む凪。

「にしても……一年生から生徒会長狙うかね、普通」

一年生の一学期なんてろくな人脈もなければ、そもそも学校の現状や問題点も把握していないだろうし、いくら早く事務所を辞めたいからって生き急ぎすぎだ。

「……仕方なかったんだよ。色々理由つけて契約期間終わるまで先延ばしにされたら困るって言われて、一年生のうちに結果を出せないなら引退を撤回することになったの」

疲れた顔で深々と溜め息を吐く凪。

まあ事務所の立場から言ったら当然の判断だろう。

「それで、当選できそうなのか？」

肝心なことに切り込んでみると、凪の目からハイライトが消えた。

「まっっっったく手応えがない！　まずなんの準備も下調べもできてない状態から選挙始まったし！　ライバルは強力だし！　私は素人だし！」

おおう、見事な三重苦を背負ってしまったらしい。

「そいつはまた大変だな……俺も友人として微力ながら応援しよう」

そう申し出ると、凪の顔がパッと明るくなった。

「ほんとっ？」

感激したらしい彼女に、俺はにこりと笑顔で頷いた。

「ああ。復活の中二病アイドル『災禍の悪夢（ナイトメアディザスター）』を、末永く応援し続けるとここに誓う」

「私が負ける前提で話進めてるよね⁉　それを阻止するための活動を念入りに応援してほしいんだけど！」

逃がさないと言わんばかりに俺の手を握る凪。

が、こちらとしても渋い顔をすることしかできない。

「いや俺もお前とほぼ条件同じだぞ。素人が二人集まったって有象無象じゃねえか」

「そんなことないでしょ。だってほら、来栖君は私をプロデュースすることにかけては誰よりうまいんだから」

「――――」

真っ直（まっす）ぐにそんなことを言われて、俺は思わず言葉に詰まってしまった。

確かに他の誰かならいざ知らず、凪を……『災禍の悪夢（ナイトメアディザスター）』をプロデュースすることなら誰にも負けるつもりはない。

何度もバズらせ、企業案件もこなし、インフルエンサーとしてのトップまで彼女を導き、最終的にはアイドル街道を駆け上がるための下地まで作った自負が、俺にはある。

そして、それは人に言わずとも俺のささやかな誇りであったのだ。

「……お前にそう言われたら断れねえなあ」

完璧な口説き文句に負けた俺は、苦笑しつつも彼女の頼みを引き受けてしまうのだった。

ま、いいさ。ついでにやりたいこともあるし。

「今度こそ本当だよね⁉　あとでやっぱりなしって言っても聞かないからね？」

再び表情を明るくした凪が、すごい勢いで詰め寄ってくる。

「任せておけ。凪の言うとおり、お前への愛情が籠もったプロデュースをすることにかけては、俺の右に出るものはいないからな」

「いや、うん。愛情までは求めてないんだけどね？　ただ責任感さえあればいいんだけど」

「分かった。じゃあ失敗した時は、二年後に俺と電撃結婚して引退って作戦を取ろう」

「そこまでの責任感は求めてないよ！　それだったらアイドル続けたほうがいいからね⁉」

まあ、残念ながら失敗する可能性は限りなく低いけどな。

なんせ凪はこれでも一度は天下を取りかけたアイドルで、俺はそのきっかけを作った男。

この二人が揃ったのだ。生徒会長選挙を勝つくらいのこと、簡単に成し遂げてみせるさ。

——なんて軽く考えていた過去の自分をぶん殴ってやりたい。

そんな後悔に至ったのは、その翌日のことだった。

「え、えと……今度の……生徒会長選挙に、しゅ、出馬した……十七夜……です」

朝のうちに選挙用の撮影を済ませ、それをチラシに加工した放課後。

まずは顔を覚えてもらうために、校門前を通り過ぎる生徒たちに本人がチラシを配りながらアピールする作戦に出たのだが、そこには思わぬ結果が待っていた。

挙動不審に泳ぐ目。震える足。まるで腹から出ていない、か細い声。

昨日、正体バレしてからは元気全開だったのですっかり忘れていたが、そういや今の凪はコミュ障陰キャ属性を持ってるんだっけ。

「あの……」

とうとう少し離れたところで見守っていた俺に涙目でヘルプを送ってきた。

「……タイムアウト。ちょっと来い」

さすがに見ていられなくなった俺は、凪を手招きで呼び寄せる。

「た、助かった……」

人の目から遮られた凪は露骨に安堵(あんど)しており、自分こそが世界の中心だとでも言いたげだったあの『災禍の悪夢(ナイトメアディザスター)』の面影はなかった。

「凪……人見知りだとは聞いてたけど、まさかここまでとは。武道館でライブまでした女が、何をどうしたらここまで変わるんだ？」

正直、俺の中にはまだメア時代のイメージが強かったため、いくら人見知りと言っても、いざとなったら開き直ってどうにかするだろうという気持ちがあった。

が、どうやら問題の根深さを舐(な)めていたらしい。

「う……なんというか反動で。人前で黒歴史を晒(さら)しまくったという事実を噛み締めるほど、どんどん人前が苦手になっていって、今ではこんな感じと言いますか」

気まずそうに目を逸らす凪。

その間も、周囲の視線が自分に向く度にビクッとしている。

「いやあ……これ無理ゲーじゃね？」

思わず遠い目をしてしまう俺であった。あがり症の生徒会長とか聞いたことないわ。

「く、来栖君……」

途方に暮れる俺に、凪は縋り付くような目を向けてきた。

……うんまあ、いかに無理ゲーといえど、さすがに旧友を見捨てるのは後味が悪い。

まだ詰んでいない以上は、プレイを続けなければ。

「あがり症は後々どうにかするとして……今はできることからやっていくか」

気持ちを立て直した俺は、紙袋の中に入れていたポスターを取り出す。

「じゃあポスター貼りをやろう。これならあがり症だろうと人見知りだろうとできるだろ」

俺が凪にポスターの半分を差し出すと、凪は強ばった表情で受け取った。

「そ、そうだね。今度こそうまくやるから」

そうして俺たちは校舎内に戻り、廊下の掲示板スペースにやってきた。

「よし。じゃあ一階から順に、貼れる場所全部に貼ろう。候補者が出てないクラスなら、教室の後ろにも貼らせてもらえるかもしれないし、交渉するぞ」

「分かった」

そう力強く頷く凪。

そうして二人で、校内の至る所にポスターを貼り始める。

――が、異変が起きたのは五分も経たないうちだった。

「うっ……！　も、もう限界かも」

ポスターの束を取り落とした凪が、まるでフルマラソンでも終えたかのように息を切らし始めた。

「おい、どうした？　なんか病気か？」

熱でも出たのかと思って心配する俺に、凪は青白い顔で呟いた。

「…………思い出す」

「え？」

きょとんとする俺に、凪は振り絞ったような口調で再度口を開く。

「ライブ告知で『災禍の悪夢（ナイトメアディザスター）』のポスターが街中に貼られた時のことを思い出すの……！　しかも気が向いた時にこっそり一部のポスターにサインしてファンに宝探しさせたり、わざと気付かれるようにポスターの近くうろついたりしたのも……！」

「お前、そんなことしてたのか……」

頭を抱えて俺の知らない黒歴史を告白する凪に、ちょっと呆（あき）れてしまった。

肥大化した承認欲求が中二病と合併すると、こんなに厄介な症状を起こすのか。

「いかにも人目を引く派手な日傘……！　プライベートなのに買い取ったPVの衣装着て出歩く構ってムーブ……！　何故私はあんなことを恥ずかしげもなく……！」

また過去からの弾丸（フラッシュバック）に撃たれて凪が悶え始めた。

「おーい、戻ってこい」

ぺちぺちと頬を叩いてやると、凪ははっとしたように現世に帰ってきた。

が、その顔色はまだ悪い。

「く、来栖君……悪いけど、これ以上ポスター貼られたら、私ちょっと不登校になってしまうかもしれない」

息も絶え絶えなギブアップ宣言に、俺は頭を抱えた。

「これも駄目かー」

また一つ大きな手札がなくなったことに落胆しながらも、俺は次の作戦を考える。

「じゃあSNSでも開設して、そこで校内の人たちに政策をアピールするか」

これなら写真の露出も必須じゃないし大丈夫だろ。

そう思ったのだが、凪は今までで最大級に顔を引きつらせた。

「SNSで政策……いいと思うよ、うん。アイドル時代にやった時も効果的でさ、私の出身地である闇の世界の法律や女王としての政策を公布したら、ファンの……いや臣民のみんなもしっかり学んでくれたし……あああ、なんであんな痛いことを！」

「お前すげえな！　どこ掘っても地雷出てくるじゃん！」

黒歴史が多すぎて、どこを踏んでも地雷を爆発させる新型地雷系女子の爆誕である。

骨の髄まで中二病だった奴が素に戻ると、ここまで後遺症が残るのか。

ともあれ、このまま地雷を避けながら選挙活動をするのは不可能だ。

であれば、やることは一つだ。

「仕方ない……これだけはやりたくなかったんだが。凪、今から学校を出るぞ。秘密特訓の時間だ」

「秘密特訓？」

俺の言葉に、凪は小首を傾げるのだった。

駅に向かい、三十分ほど電車に揺られる。

早めに学校を出たおかげで、なんとか日没前の時間帯に目的の駅にたどり着けた。

「ねえ来栖君。なんでこんなところに来たの？」

秘密特訓の内容を聞いていない凪が、改札を出るなり困惑気味に訊ねてきた。

「まあ、ここじゃなくてもできるんだが、学校から離れてたほうが色々と都合がよくてな」

そう言いながらも、俺は周囲の様子を窺う。

駅前の広場には屋台やベンチがあり、学校帰りと思しき学生や、忙しそうに歩くサラリーマンの姿が見えた。

……うん。まだ日没を迎えていないため、しっかりと一人一人の顔が確認できる。

　これなら条件は十分だ。

「じゃあ凪。これから特訓を始めるぞ」

　俺がそう切り出すと、凪の不安げな様子はますます高まった。

「だから、特訓って何をするの？　というか何の特訓なの？」

「決まってるだろ、お前のあがり症を克服するためのものだ」

　真顔でそう告げると、凪の身体に緊張が走るのが分かった。

「……そりゃ、必要なことだけど。でもできるの？　これでも出馬するにあたって私だって自分なりに努力したんだよ」

　それであのザマだったということは、なかなかに重い症状だ。

　とはいえ、本気で生徒会長を目指すなら克服してもらわねば困る。

「結局ね、人見知りなんて恥をかくのが嫌だとか、人に嫌われたくないって気持ちが積み重なったものなんだよ。そういう刷り込みを何度も繰り返してるうちに、いつの間にか条件反射で萎縮するようになっただけ。だから、その反射をぶっ壊す」

「……なるほど。それは一理あるかも。じゃあその反射を壊す方法って、どうやるの？」

「今度は成功体験を積み重ねるんだよ。人前で目立ってもたいしたことなかったなって感情を何度も経験して克服するんだ」

　実際、『災禍の悪夢（ナイトメアディザスター）』時代の凪はその積み重ねのおかげで人前に強かったのだ。

……まあ、今では価値観が裏返って、それら全てが失敗扱いになってしまったせいで一気に人見知りになってしまったのだが。

であるならば、もう一度今の凪の状態で成功体験を積み重ねるのが一番の近道だろう。

「……うん。分かった。私、頑張ってみるよ！」

凪も希望が見えたのか、やる気を見せた。

「よし、その意気だ。と言ってもやることは難しくない。これからここで俺に何を言われても『はい』って答えるだけだ」

「……？　それだけでいいの？」

俺の指示が思ったより簡単だったからか、凪は拍子抜けというような表情を浮かべた。

「ああ。それだけでいい。あと、そこから動くなよ」

俺は爽やかな笑みを作ると、踵を返して歩き出す。

そうして十メートルほど離れたところで、俺は立ち止まって再び凪のほうを見た。

ぽかんとした様子で俺を眺めている凪。

俺は思いっきり息を吸うと、そんな彼女に向かって大声で叫ぶ。

「凪ー！　ずっと昔から好きでした！　俺と付き合ってください！」

唐突な、大声での告白。

想定外の一撃に、凪は目を剝いた。

「ちょっ……！」

当然、彼女だけじゃなく周囲にいた通行人たちもピタリと動きを止めて、こっちに注目する。

サラリーマン、学生、屋台の店員。

多種多様な人々の視線に晒された凪は、学校の時と同じように硬直する。

きっと今、彼女の頭は真っ白になっているだろう。

けど大丈夫。既に指示は出したのだから。

人間、やるべきことが分かっていれば想定外のトラブルにも割と強いものである。それがシンプルな指示なら尚更。

そんな俺の予想通り、凪は何度か唇を震わせながらも、言葉をひねり出した。

「は……はい！」

そう凪が返事をした瞬間である。

観客と化していた周囲の通行人たちが、一斉に拍手をしてきた。

それに応えるように、俺も凪の元に歩み寄って肩を抱いた。

「どーもー。ありがとうございまーす！　幸せになりまーす！」

俺はひらひらと手を振って観客たちに応えながら、完全に気力を使い果たしてぐったりした凪を連れて広場を出た。

それから一分ほど無言のまま駅前の道を歩いた頃である。

「びっっっ……くりしたよ⁉」

今さら顔を赤くした凪が、肩を抱いたままの俺から飛(と)び退(の)いて抗議してきた。

「おお、復活したか。よかったな、一歩前進だぞ」

「よかったな、じゃないよ！　あんなことするなら予(あらかじ)め言っておいてよ！」

こともなげに笑う俺を涙目で睨む凪。

「そんなことしたらおもし……いや特訓にならないだろ」

「今面白くならないって言おうとしたよね⁉　完全に自分の楽しさを優先したよね！」

「いやいや。心構えができてない状態だからこそ、インパクトのある成功体験になるわけよ」

飄々(ひょうひょう)と追及を避ける俺に、これ以上は無駄だと思ったのか、凪は一つ息を吐いて剣呑(けんのん)な雰囲気を引っ込めた。

「……まあ確かに人前で大きな声を出すことはできたけど」

予め決められた台詞(せりふ)だったとはいえ、最初の一歩を踏み出した感覚はあったのか、凪は満更でもなさそうだった。

「そりゃよかった。俺も恥を忍んだ甲斐(かい)があったとも」

　俺が教官としての達成感に浸っていると、凪は何故か呆れたような目を向けた。

「……ていうか、演技とは言え、来栖君はよくあんなところで告白できたよね。どうやってそんな鬼メンタル育てたの？」

「ん？　決まってるだろ。中二病極めた女と年中一緒に行動して、白い目に晒されてたおかげよ。もはや恥という感覚は麻痺(まひ)した」

「聞くんじゃなかった！」

　ぱっと両手で顔を覆う凪である。表情は見えないが、耳まで真っ赤だ。

「自分で埋めた地雷を自分で踏むとは器用な奴め」

　そう笑っていると、不意に夕焼けが目に入った。

　まるで中学時代の『災禍の悪夢(ナイトメアディザスター)』と盟友を思い出す黄昏(たそがれ)のあかね色。

「はー……恥ずかしい。まったく昔の私ったら……」

　だけど隣に並ぶ少女はあの頃とは何もかも異なっていて、今ここにあるのはあの日の続きではないのだ。

　それがなんだか、少し寂しい。

「……来栖君？　もう、まだ笑ってるの？」

　なのに、俺の顔を覗(のぞ)き込(こ)んだ凪は、何故かそんなことを言った。

思わず、手で自分の顔を触れる。

「……俺、笑ってた？」

すると確かに唇が笑みの形を作っているのが分かった。

自分自身の意外な反応に、俺は驚いてしまう。

確かに僅かな寂しさを感じていたはずなのに、どうして。

「そりゃもう。いじわるなんだから」

拗ねた口調の凪を見て、俺はなんだか納得してしまった。

ああ――そうか。

もう、昔の思い出に浸るだけの日々は終わったのだ。

これから、新しい日常が始まる。

無意識のうちに、俺はそう感じていたのだろう。

「……いやなに。凪への告白が成功したのが嬉しくてな。これで俺も彼女持ちか」

そんな自分の気持ちを噛み締めながら俺が軽口を叩くと、凪は慌てたようにまた顔を赤くした。

「ち、違うからね⁉　あれはただの特訓でしょ！　ノーカンだから！　受けてないから！」

「えー……」

「えーじゃない！」

馬鹿なやりとりをしながら、俺たちは歩き続ける。

きっと退屈している暇なんてないくらい騒がしい未来に向かって、二人で。

断章。

——ずっと昔、『特別』な存在になりたいと思ったことがある。

俺がいなくなったらその分だけ世界が欠落してしまうような、そんな『特別』な存在。

誰にも忘れられない何か。

代わりの利かない何か。


メアと出会ったのはそんな時。

彼女は見るからに異端で異質で——そう、『特別』だった。

いいや、『特別』であろうと走り続けていた。

だからだろう、俺はそんなメアに酷く惹かれた。

たとえ今の凪がそれを黒歴史と呼んでも、俺の中であの日々の輝きは変わらない。

お互いに凡庸であることに耐えられなくて、『特別』になりたくて、必死で藻掻いた日々。

けど今は、そうやって藻掻いていた日々の輝きこそが俺にとって代わりの利かない何かになったのだと分かる。

――だから、振り返ってみれば。

俺とメアの物語というのは、きっと特別を目指す物語だったのだろう。

二章 ✦旧校舎とブランコ。✦

「よ、よろしくお願いしまーす」

放課後の校門前。

帰宅しようとする生徒たちに、まだおっかなびっくりな様子ながらもビラを配る凪を見ながら、俺は少し安堵した。

荒療治の効果もあり、凪はなんとかビラ配りに耐えられるくらいの精神力を得ている。

とはいえ、これは本当に最初の一歩。まだまだ頑張ってもらわなければいけないのだが。

「ふぅ……全部配り終わったよ、来栖君！」

ビラ配りを終えた凪が、得意げな表情で近づいてくる。

どこか子犬を思わせる仕草を微笑ましく思いながら、俺はポスターの入った紙袋を掲げてみせた。

「ああ、よくやった。次はポスター貼りだな。今度はこっちも大丈夫だよな？」

「だ、大丈夫だよ。多少のトラウマならもう動じないからね」

ちょっと強がったように言い張る凪に、俺は軽く舌打ちした。

「……ちっ。駄目そうなら今度は校内放送で告白でもしてやろうと思ったのに」

「二度と学校来られなくなるよ！　荒療治すぎてそのまま死んじゃうやつ！　絶対大丈夫だからね！」

俺の計画に震え上がった凪は、自分の成長をアピールしようと思ったのか、足早に走り出した。

と、そのまま彼女が校舎に入ろうとした時である。

校内から出てこようとした生徒と、正面からぶつかってしまった。

「きゃっ」

「あら？」

後ろに倒れそうになった凪の手を、ぶつかった相手が素早く摑んで支えた。

「す、すみません」

前方不注意だった凪は、萎縮したように頭を下げた。

「ううん、こちらこそ。足とかひねってない？」

対する相手も無事だったようで、穏やかな様子で凪の身を案じていた。

赤みがかったゆるふわのロングヘアと、優しげな顔立ち。全体的に大人びており、包容力溢れるお姉さんという雰囲気が漂っている。

「どうも。うちのドジっ子がすみません」

一応、俺も頭を下げると、先輩らしき少女は微笑を浮かべて首を横に振った。

「気にしないで……って、あれ？　もしかして君たち、十七夜凪ちゃんの陣営かな？」

俺が持っていた紙袋の中身が見えたのか、先輩らしき少女は目を丸くした。

「ええ。清き一票をお願いします」

俺がポスターを一枚渡すと、彼女は苦笑いを浮かべた。

「んー……それはちょっと難しいかなあ」

む、人がよさそうなのに意外な返事。

俺が軽く驚いていると、凪が後ろから裾を引っ張ってきた。

「く、来栖君……この人、よく見たら陸奥先輩だよ」

動揺したように囁く凪だったが、俺はピンと来ない。

いや、待てよ……どこかで聞いたような気がする。

あれは、ええと……そうだ！

「……生徒会長選挙に立候補した二年生？」

「うん。そういうこと」

俺の呟きに、陸奥先輩はあっさりと頷く。

なんてこった。こんなところでいきなり対立候補とエンカウントするとは予想外だ。

「改めて……前生徒会書記だった陸奥一颯。こちらこそ清き一票をお願いね？」

悪戯っぽく笑いながら自己紹介してくる陸奥先輩。

「か、十七夜凪です。よろしくお願いします」

陸奥先輩が差し出した手を、凪が握り返した。

対抗馬の先輩を前にして、完全に呑まれている。

「立場としてはライバルだけど、お互いに頑張りましょう。いい選挙にできるといいわね」

「は、はい」

爽やかな笑みを浮かべる陸奥先輩に、ぎこちなく頷く凪。

「さて。色々と話したいことはあるけど、そっちの選挙活動を妨害するわけにもいかないからね。今日はこれで失礼させてもらうわ」

凪の緊張を感じ取ったのか、先輩は軽く手を振って去っていった。

その背中が校舎の外に消えていくのを確認してから、凪は深々と息を吐く。

「ふぅ……びっくりしたぁ。こんなところで会うなんて」

「めっちゃ美人だったな。あの人が前に言ってた強力なライバルか？」

訊ねると、凪はこくりと頷いた。

「うん。去年の生徒会の書記で、前生徒会長の妹。成績は学年トップクラスだし、去年は弓道部で全国大会にも行ったって」

「なんだ、そのハイスペックモンスター」

思った以上の怪物が出てきてしまって、俺は半ば呆れてしまった。

見た目は目を引く美人だし、立ち振る舞いも美しく、能力的にも問題ないようだ。しかも兄の地盤を継いだ上に、本人にも去年の活動実績がある。

誰がどう見てもド本命な候補だ。

一方の凪はというと、ほぼ全ての面で劣っている。

いや、本来のスペックで言ったら互角……どころか上回っている点も多いが、トラウマのせいで能力の大半を封じられているため、現時点では対抗馬と呼ぶのも難しい状況だ。

「……うーん。今のところお前が明確に勝ってるの、納税額だけだな」

「なんてこと言うの！　そういう事実が一番心に来るんだよ！」

自分が一番スペック差を理解しているのか、涙目になる凪。

だが、このままぶつかったらあっさり負けてしまうのは事実。

俺が参戦してから今日で三日目。

あまりにも大きい凪の短所が発覚したため、そっちの改善に時間を取られたが、そろそろ戦う相手を調査しなければならないタイミングか。

「やっほー！　凪ちゃん、玲緒君。お手伝いに来ました！」

俺が今後の方針を考えていると、背後から声がかかる。

振り向くと、気さくな笑顔で手を振っている宮原(みやはら)の姿があった。

「おう、手間取らせて悪いな」

「いえいえ。元々、私が先に手伝ってたし？」

そう答えると、宮原は妙に悪戯っぽい流し目で俺を見た。

「にしても、あんなに嫌そうだったのに、随分と熱心に協力してくれてるみたいだね？　玲緒君。どういう心境の変化なのかな？」

からかう気満々といった様子の宮原。

が、俺はそれに青臭い否定をすることもなく笑い返した。

「いやあ、凪があまりにも可愛(かわい)いから、これを機にお近づきになりたいなと」

「な、何言ってんの⁉」

唐突な俺の言葉に、凪は顔を真っ赤にして目を見開いた。

が、俺は少し力を込めて抵抗を封じ、彼女の耳元に口を寄せて囁く。

「……そういうことにしとけ。素直に事情を話すことはできないんだし」

「う……」

俺の囁きに、凪の動きがピタリと止まった。

宮原は『災禍の悪夢(ナイトメアディザスター)』の正体が凪であることを含め、こちらの事情を何も知らない。

凪も知られたくないようだが……かといって、あれだけ手伝いを嫌がっていた俺が自然な形で協力者になるには、それっぽい理由がいる。

「お、もしかして凪ちゃんも乗り気なのかな？」

凪が抵抗をやめたのを見て、宮原の目がきらりと輝く。

「そ、そんなことないから！」

慌てたように否定する凪。

その言葉に、俺は胸を押さえて悲しみの表情を浮かべた。

「ショックだ……駅前で告白した時は『はい』って言ってくれたのに」

「あ、あれはただの特訓でしょ！」

宮原に誤解を与えたくないのか、必死に訂正する凪。

それを見て、俺はさらに悲しみを深める。

「俺は所詮、選挙のための小間使いだったんだな」

「人聞きが悪い！　ちょっと完全には否定できないところが悪質だよ！」

そのやりとりを聞いて、宮原が戦慄したような表情を浮かべる。

「男の純情を弄んで手駒にするなんて……凪ちゃん、恐ろしい子！」

「現在進行形で弄ばれてるの私のほうじゃない⁉」

そんな会話をしていたら、下校する生徒たちの注目を微妙に集めてしまった。

こんなことで変人の印象がつくのもよくないし、ここまでにしておこう。

「ふう……さて、そろそろ満足したし、選挙の話をしようか」

俺が真剣な顔で宮原に向き直ると、彼女も深々と頷いた。

「そうだね。なんか元気出たし、頑張ろう」

「私をからかって英気を養うのやめてくれないかなあ！」

息も絶え絶えな凪が抗議していたが、スルーします。

「何はともあれ、陸奥先輩について知りたいんだが、宮原は何か情報を持ってないか？」

「情報？　校内では『どうせ陸奥先輩が会長になるのに手間かけて選挙する意味あるの？』って言われてたり、実際に新聞部が行った校内調査で支持率95%だったり、それを見た他の候補が凪ちゃん以外全員出馬取り下げたり、そういうのならいくらでもあるよ」

「なんか目眩(めまい)してきた……」

宮原がさらっと告げた情報で、凪が大ダメージを食らっていた。

「それにうちの部も陸奥先輩には世話になってるしねー」

「む、もしかして陸奥先輩って被服部に入ってるのか？」

よろめく凪の背中を支えながら俺が問いかけると、宮原は首を横に振った。

「ううん。うちの学校、部活の掛け持ち禁止だし。厳密には世話になったのは去年の生徒会だね。元々、被服部って部室も持てないような同好会だったんだけど、前生徒会が旧校舎の開放を公約に掲げたことで部室を持てるようになったんだって」

なるほど。去年の生徒会としての実績か。

「旧校舎ね……となると、世話になったのは被服部だけじゃなさそうだな」

「うん。他にも演劇部や文芸部、軽音部とか、それまで決まった活動場所を持てなかった弱小部たちは、旧校舎のおかげで部室を持てたんだよ。陸奥先輩の支持層はそこだね」

確か同好会から部活に昇格するには、活動場所となる部室と、顧問の教師が必要なはず。

旧校舎系の部活全てにそれを行ったというのなら、前生徒会は相当やり手だ。陸奥先輩の支持基盤はかなり大きいと見るべきだろう。

しかも、それですら支持層の中の一部でしかない。

「旧校舎を本拠地にしてる部活って結構多いよね……どうしようか」

相手勢力の大きさに怯（ひる）んだのか、凪は深刻そうな表情を浮かべた。

それに同意するように宮原も頷く。

「うん。去年の生徒会はかなり実績があるからね。そのメンバーだった陸奥先輩への期待はかなり大きいよ」

暗い面持ちを浮かべる凪と宮原。

そんな二人を尻目に、俺も一つの感想を抱いていた。

――これはチャンスだ、と。

それから十五分後。

俺たちは雑木林のそばにある旧校舎にやってきていた。

「こんなところに来てどうするの？」

目的を知らされないまま連れてこられた凪は、困惑気味に周囲を見る。

「被服部に投票のお願いをするんだよ。凪の魅力をたっぷりアピールして、票を入れてもらえるようにする」

そう説明すると、案内役である宮原も頷いた。

「そういうこと。私から先輩たちに紹介するから、どーんとアピールしちゃって。凪ちゃんの魅力さえ伝われば、きっと先輩たちもこっちに付いてくれるよ！」

「なるほど……ありがと、紬(つむぎ)」

心強い支援者の言葉に、凪も胸をなで下ろしたようだ。

「どういたしまして。じゃあ行こうか」

凪の了解が取れたのを見て、宮原が俺たちを先導して校舎に入った。

相変わらずギシギシ鳴る廊下を歩く三人。

やがて先頭の宮原が足を止めたのは、つい先日、俺に鮮烈な思い出を刻み込んでくれた被服部の部室の前だった。

「う……」

凪もあの時のことを思い出してしまったのか、ちょっと赤くなっていた。

「じゃあ入るよ……って、なんで二人してそわそわしてるの」

俺と凪の様子がよほどおかしかったのか、振り返った宮原が怪訝そうな顔をする。

「なんでもない。気にしないでくれ」

俺はコホンと一つ咳払いして、宮原の疑問を流した。

彼女は軽く首を傾げたが、たいして興味もなかったらしく、すぐに部室のドアをノックした。

「失礼しまーす」

彼女に続いて俺と凪も中に入る。

すると、そこには数人の女子生徒たちの姿があった。

何度か見たことのある、被服部の上級生たちである。

「お疲れー、紬。なに、紹介したい子ってこの子たち?」

「はい、先輩。この子が今日モデルをやってくれる凪ちゃんと、写真を撮ってくれる玲緒君です」

「………モデル？　撮影？」

と、ここで初耳の情報を聞いた凪が、ぎこちない動作で俺のほうを向く。

「被服部は作った服を着てくれるモデルを探してたんでな。バッチリ売り込んでおいた！」

ぐっとサムズアップしてアピールする俺である。いやあ、参謀としていい仕事をした。

「み、魅力をアピールってそういうこと⁉　あ、あの、着せ替えとか撮影って、またトラウマが……」

まあそう言うだろうと思った。だから土壇場まで黙っていたんだが。

「選挙用ポスターは大丈夫だっただろ。あれと同じだよ」

難色を示す凪を、俺はなんとか説得する。

「いや、それとは文脈が違うというか、絶妙に黒歴史ポイントを刺激するというか……」

が、凪的にはアウトの案件だったらしく、渋い表情をした。

むぅ……今の凪では無理だったか。なら仕方ない。

「分かった。なら黒歴史に耐えられるようにまた特訓しなきゃな。じゃ、ちょっと放送室行ってくる」

「待って待って待って⁉　さっき言ってたやつをやる気⁉」

踵を返した俺の制服を全力で引っ張る凪。

「そりゃもう。今の凪でレベルが足りないならまた荒療治するしかないだろ」

「荒療治通り越してるよ！　効果出ないから！」

「そんなはずは……あ、確かに放課後だから結構生徒帰っちゃってるもんな。よし、明日の昼休みにやろう」

まったく、俺としたことがうっかりしていた。

より効果的な方法を思いついた俺に、凪はぶんぶんと首を横に振る。

「新たに耐えきれない黒歴史が増えるだけだよ！　分かった、やる！　やるから！」

この短時間でレベルアップを果たしたらしく、凪はいきなり覚悟を決めた。

「その意気だ。凪のやる気を引き出せたようで、俺も参謀として誇らしい限りだわ」

「参謀と言う割には背水の陣以外の策略を知らないよね、来栖君は」

じとっとした目で俺を見てくる凪。

「いやいや。一番効率のいい方法を選んだらそうなっただけですよ。他意はないです」

「ふーん？」

さらりと言い逃れするが、凪の視線はまだ冷たいままだった。

ともあれ話は付いたので、先輩たちにOKサインを出す。

「じゃあ先輩方。うちのトップモデルも心の準備できたみたいなので、好きに着せ替えちゃってください」

「ん、よく分からないけど、いいのね？　よし、なら張り切って着せ替えちゃいましょう」

「よ、よろしくお願いします」

マタタビを見つけた猫のように目を輝かせる先輩たちの気迫に、凪は顔を引きつらせながら会釈した。

凪さんの健闘を祈りたい。


清楚系のワンピースから、地雷系、ボーイッシュ、フェミニン。

凪は先輩たちの趣味全開のファッションに着せ替えられ、たっぷりと資料用の写真を撮影された後、キリがいいところで一旦休憩に入った。

「ちょっと照明の調整したいんで、一旦撮影止めるぞ」

カメラを担当していた俺がそう告げると、疲れた顔でポーズを取っていた凪がほっと一息吐いた。

「や、やっと休憩……千枚くらい撮ったよね」

「おう、お疲れ」

よれよれの状態で椅子に座った凪に、俺はペットボトルのジュースを渡す。

トラウマを和らげるため、衣装選びの後は先輩たちにこの場を離れてもらったが、それでも凪のダメージは大きいようだ。よく頑張ったな。

「ありがと……にしても、やたら楽しそうだったね、来栖君」

ジュースを一口飲みながら、こっちを見上げてくる凪。

「そりゃそうさ。俺はお前を撮ってる時が一番楽しいからな」

凪の隣に座りながら素直な気持ちを吐露すると、彼女はそっぽを向いた。

「ふ、ふーん……よくそんなこと普通に言えるね」

「なんだ、照れてるのか？」

「照れてないよ、ばか」

否定しつつも、耳まで赤くなっているのが凪の可愛いところだ。

俺は少し笑ってから、デジカメを見て写真の出来を確認する。

「これとこれは使えるかな。こっちは……ちょっと服が見えづらいか」

独り言を呟きながらプリントアウトする写真を選んでいると、凪が隣から覗(のぞ)いてきた。

「うわ……目瞑(つぶ)っちゃってる写真多いね。これは酷(ひど)い」

モデルとしての実力が錆(さ)びたと思ったのか、凪は渋面を浮かべる。

「モチベの違いだな。前は世界中のカメラは全て自分を撮るべきみたいな態度だったし」

『災禍の悪夢(ナイトメアディザスター)』には、自分の世界観を一枚に収めてやろうという意欲、もっと言えば野心みたいなものがあった。

モデルにとっては、そういう気持ちこそが大事らしい。

「うぐ……あの頃のほうが優れてるものがあるっていうのも、なかなか認めがたいものだね」

甘いジュースを飲んでいるはずなのに、凪の表情は非常に苦々しい。

黒歴史時代の自分を評価するのは相当ビターテイストなようだ。

「はは。そりゃあ、メアはスターでしたから。一介の女子高生である凪さんじゃ敵わない部分もあるだろうよ」

言いながら、どこか懐かしい気分になった。

写真を撮って、二人で見て良し悪しを語り、また次の撮影について語る。

そんな俺たちの日常。

今はもう遠いあの日々が、少しだけ戻ってきたような気がして。

と、そんなふうに過去に思いを馳せていると、何故か凪は目を見開いて俺を見ていた。

「来栖君は……」

そう口を開きかけた凪だったが、途中で止まる。

「なんだよ」

訊ねると、凪は少しだけ視線を彷徨わせてから曖昧な笑みを浮かべた。

「……なんでもない」

その答えに少し引っかかるものはあったが、それを追及するか逡巡している間に凪はまた言葉を続けた。

「ただ、私だけじゃなくて来栖君もしばらく写真撮ってなかったみたいだし、カメラの腕が落ちたんじゃないかなーって思って」

「なんだと」

反撃とばかりにからかってくる凪に、俺は眉根を寄せる。

「ほら、これとかピンボケしてるし、ちょっと流してる感じが写真から伝わってきちゃうかなー？」

「ぐぬぬ……」

確かに、久しぶりだったからウォーミングアップくらいの気持ちではあった。

昔の俺たちはお互いにいい写真を撮るため、もっとバチバチにやりあっていたのだが、今は結構気が抜けているのを見抜かれたらしい。

「どうやらぐうの音(ね)も出ないみたいだね。じゃあこの後の写真は被服部の先輩たちに撮ってもらおうかな？」

悪戯っぽくこっちの顔を覗き込んでくる凪。

露骨にからかわれているのは分かるが、俺はそのくらいでは怯まない男である。

「おいやめろ。俺そういうの普通に妬(や)いちゃうからね」

「や、妬いちゃうって……何言ってんのよ」

ストレートな感情をぶつけてみると、それがカウンターになったようで、凪はまた照れていた。

「よく聞け。お前があんまり他のカメラマンにうつつを抜かしていると、旧友が恥も外聞もなく見苦しい嫉妬をしている場面を目撃することになるぞ。いいのか？」

「なにその脅し⁉　わ、分かったから！　もう言わないです！」

「ならよし」

俺が深々と頷くと、凪はどっと疲れたように溜め息を吐いた。

「……来栖君は本当に恥ずかしげもなく思ってることを全部さらけ出すね」

「昔のお前ほどじゃないけどな」

「絶対言われると思った！」

悔しそうに唸る凪に、俺は気さくに笑ってから立ち上がった。

「ま、似たもの同士だったってことかもな。じゃあ俺、そろそろ先輩たちに探りを入れてみるよ」

ちらりと視線を被服室の隅に向けた。

そこには、次に何を着せるか話し合っている二人の女子生徒の姿がある。

それを見るなり、凪も表情を引き締めて頷いた。

「あ、じゃあ私も行くよ」

ジュースを机に置くと、凪もぴょこっと立ち上がって付いてきた。

「どうもー。先輩方、写真の候補上がったんで見てもらっていいですか?」

俺が声をかけると、衣装を見ていた先輩方の目がこっちに向く。

「ん。ありがとう」

ボブカットの先輩が俺からデジカメを受け取って確認を始める。

その間に、隣にいた茶髪の先輩が俺たちに話しかけてきた。

「いやー、今日は助かっちゃったよー。モデルだけじゃなくてカメラマンまで来てもらえるなんて超ラッキーだったし。うちの予算じゃどっちも用意できないからねー」

「い、いえいえ。お役に立ててよかったです」

上級生と話すのは緊張するのか、ぎこちない表情で応じる凪。

確か今凪と話している茶髪の人が部長で、隣のボブカットが副部長のはず。

事情を聞くならこの二人がベストだろう。

「うん。超役に立ったよ。やっぱり可愛い子が自分の作った服を着てくれると楽しいしねー。それに写真も残しておけると今後の参考になるから。これで次こそコンテストで入賞してみせるよ……!」

見るからに燃えている部長。

「コンテストなんてものがあるんですか。それは気合いが入りますね」

俺が少し話を広げてみると、部長も乗り気で頷いた。

「うん。ここで入賞なんてできたら、部の予算も上がるからね！　弱小部からの卒業も見えてくるよ！」

「そうなんですか。去年はどうだったんですか？」

凪がそう朗らかに訊ねた途端、あんなに燃えていた部長の勢いが見事に鎮火した。

「……一次審査で討ち死に」

「す、すみません！」

「いやー、行けると思ったんだけどねー。現実は厳しかった」

部長がすっかり落ち込んでしまったのを見て、凪がこっちに助けを求める目をしてきた。

仕方なく、俺は話を逸らすことに。

「それにしても、旧校舎で写真撮れる機会なんて珍しいので、今日は俺も楽しかったですよ。珍しいですよね、こういう部室」

俺がクラシックな造りの校舎を見回していると、部長も元気を取り戻したのか、微笑を浮かべた。

「あはは、ボロボロで驚いたでしょ。これでもマシになったんだよ。私が一年生の時なんて、定期的に活動場所を変えてた流浪の同好会だったんだから」

「それはまた大変でしたね。確か前生徒会が旧校舎を開放してくれたとか」

俺の問いかけに頷く部長。

「そうだね。だから前生徒会には感謝してるよ。おかげで同好会から部に昇格したし、落ち着いて服作りができるようになった」

そう答えてから、部長は何か探るような目を凪に向けた。

「そういえば、凪ちゃんも生徒会長を目指してるんでしょ？　調子はどうなの？」

やはりというか、俺たちが支持者集めのためにここに来ていることは分かっていたか。

「は、はい。えと、頑張ってるんですが」

その目に怯んだのか、凪が一歩後ずさる。

代わりに俺が答えることに。

「まだまだ始めたばかりなのでなんとも。前生徒会にも負けないような生徒会を作りたいとは思っているんですが、なにぶんライバルが強力で」

わざとらしい困り顔で応じると、部長は小さく笑った。

「陸奥会長の妹さんが対抗馬だもんね。大変そう」

「ええ、本当に。というわけで生徒たちの生の意見を聞こうと思って、こうして挨拶回りみたいなことをしてるわけなんですよ。新生徒会にここをこうしてほしいみたいなこと、ないですかね？」

「んー、私はそういうの特にないかな。昔の状況を考えれば、こうして好きな服を作らせてもらえるだけでありがたいからね」

「そ、そうですか……」

不満がないという言葉に、凪は露骨にへこんだ表情を見せた。

「写真、確認終わった。ありがとう」

と、そこで写真チェックに集中していた副部長がカメラをこちらに返却してきた。

「どういたしまして。気に入る写真はありましたか？」

問いかけると、副部長は渋い顔を浮かべた。

「いや、悪いけど納得いく写真はなかった」

「そうですか。お役に立てなかったようで申し訳ない」

俺の謝罪に、副部長は首を横に振る。

「君の腕に不満はなかった。どっちかというと、こちらの経験不足。ここまで本格的な撮影をしたことはなかったから、色々と粗が見えてしまった感じ。勉強になった」

「そうですか。それならよかった」

「ああ。けど、色々と反省会をしたいから、撮影再開まで少し時間が欲しい。待たせてしまうけど、構わないかな？」

「ええ、分かりました」

時間ができるのなら、こちらも場所を替えて一回作戦会議を挟みたい。

「じゃあ俺たちはしばらく保健室にいますので、再開することになったら声をかけてください」

俺がそう告げると、部長は目を丸くした。

「え、保健室って、どこか体調悪くなっちゃった？」

心配そうな問いかけに、俺は笑顔を浮かべて凪の肩を抱いた。

「いえ。ちょっとエロいことをしてくるだけです」

「しないよ⁉ 急に何言ってんの！」

いきなり抱きすくめられる形になった凪は、耳まで赤くして抵抗する。

「あ、なるほど。凪ちゃん、色々と可愛い格好してたもんね。よし、じゃあ保健室には誰も近づかないようにしておくから」

「部長さんもなに理解示してるんですか！ 人払いもしなくていいです！」

「じゃあ、終わったら戻ってきますので一」

俺はひらひらと部長に手を振ると、抵抗する凪の肩を抱いたまま保健室に向かった。

「というわけで、うまいこと煙に巻いて時間を稼げたし、作戦会議の時間だ」

旧校舎の保健室に入るなり、俺はベッドに腰掛けてそう宣言した。

「時間稼ぎの代償にとんでもない誤解を招いたけどね……」

凪は俺を警戒しているのか、ベッドから離れた位置で壁により掛かり、疲れたような表情を浮かべた。

「まあ気にするな。どうせアイドルを辞めるんだからスキャンダルの一つや二つ困らないだろ」

それに、あの部長は間違いなくこちらの意図を分かっている。

「そういう問題じゃ……まあいいや、早く作戦会議しよう」

追及は無駄だと思ったのか、凪は一つ溜め息を吐いて表情を切り替えた。

「といっても、とりつく島もない感じだったけどね……被服部を味方にするのは無理なんじゃないかな」

さっき部長さんにばっさりと切り捨てられたのが効いたか、凪は弱々しく俯いた。

だが、俺は首を横に振る。

「――いいや。あれは脈ありと見るべきだ」

事前に宮原から聞いていた話、そしてさっき部長たちと話した感触から、俺はそう確信した。

その言葉が予想外だったのか、凪は弾かれたように顔を上げる。

「え、なんで？　どう見ても脈なしの対応でしょ。随分と前生徒会長に肩入れしているように見えたけど」

「そうだな。けど、肩入れしているのはあくまで『前生徒会長』に対してだ。部長さ、陸奥先輩のこと『陸奥会長の妹』って呼んでただろ？　陸奥一颯という人間と個人の付き合いや信頼関係があるなら、こういう呼び方にはならない」

部長にとって陸奥先輩は、あくまで前生徒会長の妹でしかない。

そして何より、陸奥先輩が弓道部であることが大きい。

弓道部は専用の弓道場も持っている大きな部活で、陸奥先輩が全国大会に出ているようにレベルも高い。

宮原曰く、そういう大手の部活と旧校舎の弱小部の間には潜在的な隔意があるらしく、そこまで親しい仲にはならないのが普通だとか。

「そうかもしれないけど……それだけで？」

「当然、それだけじゃないさ。凪は被服部が作った服を着てみて、正直どう思った？」

そう訊ねると、凪は気まずそうに目を逸らした。

「それは……まあ、プロには劣るかなとは思うよ」

曖昧ながらも、凪は出来が悪いという評価を下した。

彼女はプロのアイドルとして色んな衣装に触れてきたし、元はＳＮＳに写真を上げていたファッション系のインフルエンサーである。

服の良し悪し、作った人の経験値は分かるだろう。

「……ウエストの位置が低くて胴が長く見える服もあったし、動きを想定してないせいで、ポーズを取った時に窮屈なものもあった。なんていうか、人に服を着せた経験値が低い感じがした」

申し訳なさそうにしながらも的確な評価を下す凪。俺も同意見だ。

「仲間内で着せ合いはしてたんだろうけど……着る側や撮る側にも技術がないと分からないことって多いからな」

だから、欠点があるのはなんとなく分かるものの、何をどう直すべきなのか見えてこないというのはよくあることだ。

「被服部の技術に問題があるのは分かったけど……それがどうしたの？」

話の意図が分からないのか、凪は小首を傾げた。

仕方なく、俺はもう少しヒントを出してやる。

「これはしかるべき指導をしてもらえば、すぐに分かる欠点だ。それが残ってるってことは――」

「――被服部には、指導者がいない？」

はっとした様子の凪に、俺は頷く。

「ああ。名目上は家庭科の先生が顧問になってるけど、機材の安全な使い方について教えるくらいで、間違いなく技術指導はしてない」

旧校舎の部室が出来るに当たって、同好会から部活に昇格した部がたくさんある。が、だからと言って顧問になる教師の数が増えるわけじゃない。

恐らく今は一人の教師が複数の部活の顧問になり、手が回っていない状態に陥っているのだろう。

「じゃあ、それを私が解決すれば……」

「ああ。個人的な付き合いのない陸奥先輩より、お前を選ぶだろう」

そう言ったが、まだ凪は半信半疑のようだった。

「けど、そんなにうまくいくかな？　指導者をそこまで求めてないかもしれないし」

「いいや、絶対にうまくいくね。そのために、わざわざ服の欠点が際立つような構図の写真を何枚も撮ったんだからな」

こうして副部長が反省会の時間を取ったのは、その成果である。

今頃、この技術力じゃ今年もコンテストは無理だという結論に至り、さぞや悲観的になっているだろう。

「な、なんかあくどい……」

凪は俺のやり口にちょっと引いているようだった。

「なんだと。お前のために献身的に働いているのに、なんて言いぐさだ。技術を売る前に需要を喚起しただけですー。どのみち、被服部がぶつかる問題だしな」

むしろ、コンテスト前に欠点と解決方法を提示するあたり、親切なんだと言いたい。

「まあ、被服部のみんなのためになるならそれでいいけど……」

手口はともかく、やっていること自体は確かに被服部の利益になると判断したか、凪も白い目を向けるのをやめてくれた。

「というわけで凪、被服部の指導をしてくれそうな人を見繕ってくれ」

アイドルとして様々な衣装を着用してきた『災禍の悪夢（ナイトメアディザスター）』には、かつてのスポンサーやデザイナーのコネがいくつもある。

探せば伝手（つて）の一つくらいは見つかるだろう。

「分かった。メア時代の知り合いに連絡するのは抵抗あるけど……まあ、見て見ぬふりはできないしね。話の分かる人に頼んでみるよ」

凪もこのままじゃ被服部がコンテストで結果を残せないと分かったようで、しんどそうにしながらも覚悟を決めていた。

そうして、凪の知り合いで頼みを聞いてくれる人に当たりを付けてから戻った被服部の部室。

「指導者？」

撮影再開の準備をしていた部長は、俺が話を切り出すなり、きょとんとした表情を浮かべた。

「ええ。ちょうど凪の知り合いに服飾関係の仕事をしている人がいまして。週に一、二回であれば、指導に当たってもいいとの返事をいただきました。あとは被服部の皆さん次第ですが、どうでしょうか？」

にこりと営業スマイルを浮かべて訊ねる。

すると、部長は今までの楽しそうな雰囲気を少し引っ込め、俺の本心を探ろうとするように真剣な目を向けてきた。

「なるほど……選挙のために何かこっちに提案を持ってくるとは思ったけど、指導者なんて用意してくれるとはね。思った以上だよ」

やはり部長は俺たちが訪問した意図をしっかりと分かっている。

休憩前のやりとりも、それとなく自分たちの要望をこちらに伝えていたものだ。

即ち『コンテストに不安があるから、それに協力するなら支持してもいい』と。

「ええ。指導者の紹介と引き替えに、被服部には凪の支持層になってもらいたい」

とうとう始まった交渉に、俺の後ろに控えた凪が緊張する気配を感じた。

部長はこちらを焦らすように少し間を空けた後、ゆっくりと口を開く。

「……まあ、こちらにとっては破格の条件だからね。できれば受けたいよ」

「本当ですか？」

その返事に、凪が声を弾ませた。

が、すぐに部長は手で凪を制す。

「ただし、そちらに勝算があればの話。正直、私たちが付いたくらいじゃ陸奥会長の妹さんには勝てないでしょ？　どんなに魅力的な提案でも、沈む船に乗る気はないよ」

まあ、こちらが負けてしまえば、指導者の派遣を続ける必要もなくなってしまうからな。

となれば、被服部に残るのは、世話になった前生徒会のメンバーを裏切ったという事実だけ。いかに匿名の投票といえど、情報はいつどこから漏れるか分からない。バレた時に冷遇されるのは目に見えている。

「勝つつもりなら、旧校舎の部活を全て味方に引き入れるくらいはしないと勝負にならない。けど、それがすごく難しいことなのは来栖君なら分かってるよね？」

部長の言葉に、俺は静かに頷いた。

そう、部活というのはそれぞれ別の組織であり、別の要求や不満を持っている。

だから、旧校舎の部活を全部味方につけようとすれば、全く異なる要求を部活の数だけ解決しなければならない。

けど、一つ一つ苦労して要求に応えたとしても、その度に手に入る支持者は片手の指で数えるほど。

はっきり言って、弱小部を味方につけるのは死ぬほどコスパが悪いのだ。

陸奥先輩が旧校舎系の部活を放置しているのも、これが理由だろう。

「来栖君……」

凪が不安そうにこちらを見てくる。

が、俺は彼女を安心させるべく微笑を浮かべてから、部長に向き直った。

「ええ。確かにそうです。なので、ここは一つ思い切った手段を採ろうかと思います」

「……というと？」

俺の言葉を警戒するように身構えながら、部長が先を促してきた。

そんな彼女に、俺は笑顔を浮かべ、

「旧校舎に存在する全ての部活を一つの部にまとめます」

そう、宣言してみせた。

部長は啞然（あぜん）としたように沈黙した後、ゆっくりと口を開く。

「……本気？　全然活動内容が違う部活をまとめられるわけないじゃない」

「できますよ。世の中というのは人と人とが支え合って回っている。何故ならそのほうが得をするからです。この旧校舎の中だってそれは変わらない」

もったいぶった言い回しで焦らす俺に、部長は眉根を寄せた。

「よく分からないわ。具体的に何をするつもりなの？」

「この旧校舎にいる全ての部活に所属する人が、全ての部活に参加できるようにするんですよ。たとえば演劇部が被服部に参加したり、あるいは必要な人材を借りたり」

そう提案の内容を明かすも、それは部長の琴線に触れなかったのか、一気に興味を失ったような無表情になる。

「……それが何？　悪いけど私たちは好きでこの部にいるの。他の部活になんて興味ない」

そう言い張る部長の目を、俺は心の奥底を暴くようにじっと見つめる。

「本当に？　たとえばオリジナルのデザイン画を描く時、もっと画力が欲しいと思ったことは？　メンズ服を作りたいと思った時、試着してくれる男性モデルが被服部にいないのを残念に思ったことは？」

俺の言葉に、部長の瞳が揺れる。

それを脈有りと見た俺は、更に言葉を重ねることに。

「その悩みを全て解決するのが今回の提案です。画力が欲しければ美術部で勉強すればいいし、男性モデルが欲しいなら演劇部から借りてくる。人に注目され慣れてる奴(やつ)らがたくさんいますからね」

俺は注意深く部長のリアクションを観察しながら、利点を説き続ける。

「他にも各部活の成果物を交換したり、設備を共有したりするのもいいと思います。いかがですか。案外悪くないでしょう？」

そう問いかけると、部長は気圧(けお)されたように半歩退く。

「……その流れを、旧校舎全体でやると？」

「ええ。名付けるなら旧校舎部活連合(ユニオン)と言ったところでしょうか。これを一つの部として申請します」

今までも部活単位での小さな協力関係はあったかもしれない。

だが、今回は俺たちが音頭を取り、超大規模でやることで最高効率化を図る。

全てを理解した部長は、半ば呆れたような表情を浮かべた。

「君たちだけでは多数の部活の面倒を見られないなら、自分たちで解決してもらえばいいと。確かに理に適(かな)ってはいるね」

そう、俺たちが作るのは、言ってしまえば互助組織。

各々が問題解決に適した他の部活を勝手に探し、処理してくれるシステムだ。

それさえ形にしてしまえば、あとは僅かな労力で多くの弱小部を味方にできる。

「――けど、それだけじゃ足りない」

ふと、横合いからそんな声がかかる。

振り向けば、俺たちの話をずっと黙って聞いていた副部長がこちらをじっと見ていた。

「君の考えたことは確かにすごいけど……タネさえ分かれば真似できるマジック。この計画を知った陸奥一颯が、そのまま丸ごと政策をパクることができる」

天秤に掛けるような目が俺を射貫く。

もし向こうに真似できるなら、この政策を丸ごと陸奥先輩に話して真似してもらえばいい。そっちのほうが安全だと考えているのだろう。

が、それは不可能だ。

「もちろんできますよ。けど、その場合、間違いなく被服部はその連合からは弾かれるでしょう」

「……というと？」

小首を傾げる副部長に、俺はこの政策の要を告げる。

「分かりませんか？　この連合は、『他の部で使えるクオリティの衣装を被服部が作れること』が前提です。写真撮影でもボロが出る今の被服部に、それが可能とは思えません」

俺の宣告に、今度こそ被服部の二人は苦々しく顔を歪めた。

「なるほど……私たちがその連合に参加するには、指導者の派遣が必須の項目になる」

副部長が渋い顔で呟いた答えに、俺は首肯する。

「被服部に依頼ができないとなれば、衣装製作を頼みたかった他の部は損するでしょうね。一番は演劇部で、ユニフォームの作製や修繕を頼みたい運動部なんかも辛(つら)いでしょう。結局、被服部が俺たちの船に乗るのが誰にとっても一番メリットがあるんですよ」

この政策の根本にあるのは凪の人脈。

陸奥先輩が前生徒会からの地盤を継いでいるように、凪には凪の武器がある。

これは、それを活(い)かした作戦なのだ。

ちらりと、背後にいた凪を見ると、彼女は一つ頷いてから前に出た。

「指導者の派遣は来週から。ただし私が落選した場合、その時点で派遣を打ち切ります。この条件での取引を申し込みたい」

改めて、そう凪が提示すると、部長は吟味するように目を閉じ、天を仰いでから、

「……なるほど。うん、被服部は君たちに乗るよ」

穏やかに笑って、凪に手を差し出してきた。

「あ、ありがとうございます！」

初めての支持者を手に入れた凪は、両手で部長の手を握り返して頭を下げた。

「ふぅ……なんとかなったか」

初めての交渉を成功させて、俺も一つ息を吐いて脱力した。

自覚はなかったが、俺も意外と緊張していたらしい。

だが、これで一件落着。万事うまくいった。

——そう、俺が油断した瞬間だった。


「話は終わったー⁉　じゃあ撮影を再開したいんですけど！」

被服室の扉を勢いよく開けて入ってきたのは、右手に大きな紙袋を持った宮原だった。

「宮原？　そういやお前、いつの間にかいなくなってたけど、どこ行ってたんだよ」

俺が訊ねると、彼女は手に持った紙袋を得意げに掲げてきた。

「これを取りに家まで帰ってたんだよ！　どうせ難しい話に時間を取られるのは目に見えてたしね！　お話が終わるまでずっと廊下で登場タイミング計ってました！」

「何その登場シーンへのこだわり……ていうか、その荷物なに？」

凪も呆れたような表情で宮原の荷物について訊ねる。

すると、その質問を待っていましたと言わんばかりに宮原は目を輝かせ、紙袋の中身を取り出した。

はたして、俺たちの眼前に現れたのは——。

「こ、これは――」

「うっ⁉　心臓が……！　心がぎゅっとなる……！」

目を見開く俺と、胸を押さえて苦しむ凪。

宮原が紙袋から取り出したもの。それは――『災禍の悪夢（ナイトメアディザスター）』のファーストシングル『黒き翼が世界を覆う』のPVで着ていた堕天使風ゴスロリ衣装……！

「ど、どどどどうしてそんなものを⁉」

顔は青ざめ、声を裏返らせながら涙目で訊ねる凪。

「いやあ、実はずっと前から機会があったら凪ちゃんにこれ着てもらいたくて、こっそり作っちゃってました！　なんか凪ちゃんって『災禍の悪夢（ナイトメアディザスター）』の衣装が似合いそうだし！」

そりゃあ世界一似合うでしょうよ、本人だもの。

ファンの勘というやつだろうか。俺は全然凪の正体に気付かなかったが、宮原はどことなくメアに似たものを凪に感じていたらしい。

「やめてぇ……その衣装を私に見せないでぇ……」

一方、凪は両手で顔を覆い、十字架を突きつけられた吸血鬼みたいに苦しんでいた。

「そんなに嫌がらなくても。あ、ウィッグもあるからコスプレ再現度もマックスにできるよ！」

「無理無理無理無理！　た、助けて来栖君！」

思わぬところで正体バレの危機が訪れた凪は、俺の背中に隠れてしまった。

「おおっと玲緒君！　痛い目に遭いたくなければ、大人しくその娘を渡しな！」

「なんでちょっと山賊っぽい言い方なんだよ」

黒い翼の生えたゴスロリ衣装を持ちながら山賊になり果てた友人に、俺は呆れた目を向けた。

「ふっふっふ！　そんな余裕な態度でいいのかい、玲緒君！　この自作衣装を見て何か気付くことはないのかな⁉」

「は？　このクソ中二病衣装がどうし……い、いや、これは⁉」

怪訝に思いながらも衣装を見た俺は、あることに気付いてしまい、愕然とした。

「か、完璧なクオリティだ……！　本当のPVに使ってもいいレベルの……！」

「そう！　実は私、昔から衣装作りをガッツリ学んでるから、被服部のエースと言っても過言じゃないのだ！　というわけで、さっき部長たちと合意してた政策、あれ私が裏切るだけで破綻するよ」

「なにぃ⁉」

た、確かにこの衣装を作れる奴が陸奥先輩に付いたら、そもそも指導者の派遣を武器とした駆け引きなんて成立しない！

ていうか、なんでこんな腕の奴がいることを黙ってたんだ。

そう思い、部長のほうを見る。

すると、その視線でアイコンタクトが成立したらしく、部長が苦笑した。

「いや、そもそも君たちって紬の紹介じゃん。紬が裏切る可能性なんてねえ？」

正論過ぎて何も言えねえ！

「とんでもないトロイの木馬がいやがったな……！」

「ふっふっふ。策士策に溺れるってやつだね。さあ、凪ちゃんを引き渡して写真を撮りまくるんだ」

くっ……最後の最後にこんなラスボスが待っていようとは。

「め、めいゆー……助けて」

ぷるぷる震えながら、涙目で俺を見上げる凪。

よっぽど余裕がないのか、呼び方まで昔に戻ってしまっている。

こうなったら仕方ない……俺も腹を括るしかないか。

「……確かに凪にはこの衣装が似合うと思う」

「でしょ？」

俺の同意に気をよくしたのか、宮原はぱっと表情を明るくする。

その隙を突いて、俺は一歩彼女の元に踏み込んだ。

「けどな、宮原。俺はお前のほうがこの衣装似合うと思う！」

「はぇ？」

予想外な俺の切り返しに、宮原は虚を突かれたような顔をした。

ここだ、宮原の精神が落ち着く前に畳みかける！

「ほら、凪も可愛いけど宮原だって可愛いじゃん？　俺、宮原が着てみるのもありだと思うなあ」

「え、いや、私こういう服が似合うキャラじゃないし……」

案の定、少し怯む宮原。

俺は更に一歩踏み込み、彼女の両手をがしっと摑んで至近距離から見つめる。

「絶対似合うね！　宮原くらい可愛くて似合わない衣装とかないし！　むしろ宮原の新たな魅力を発見できそうな気がするんだ！　だって可愛いの分かるし！　カメラマンとしてはこれだけ可愛い素材がいるのに写真を撮らないのは罪だと思うなあ！　頼む、宮原！　俺を助けると思ってこれを着て俺に写真を撮らせてくれ！」

「そ、そうかな？」

怒濤(どとう)の褒め殺しに、宮原は顔を赤くして目を逸らす。

けど、割と満更でもなさそうな反応だ。ここで押し切る！

「ああ！　絶対可愛いから！」

「も、もう！　しょうがないなあ。そんなに言われたら恥ずかしいし。でも、うん。私もちょっと自分で着てみたい気持ちもあったし？　分かった、ちょっと隣の部屋で着替えてくるから待ってて！」

「ああ、楽しみにしてる！」

弾むような足取りで部室を出ていく宮原。

見事に褒め殺して、矛先を逸らすことに成功した。

「ふぅ……なんとかなったな」

俺は最大の危機を乗り越えた喜びを共有すべく、凪のほうに振り向く。

「ふうん……」

が、無事に平穏を手に入れたというのに、凪には嬉(うれ)しそうな表情はなく、仏頂面でそっぽを向いていた。

「あの、凪さん？　どうかしましたか？」

何故か不機嫌っぽい凪に困惑する俺である。

「別になんでもない。実際助かったし。ありがとね、私も次の衣装に着替えてくる」

「お、おう」

言葉では感謝を示すものの、不機嫌さはそのままの凪は、宮原の後を追うように部室の出口に向かう。

「…………自分の時は妬いちゃうとか言ってたくせに」

部屋を出る間際、そんな呟きが聞こえたような気がした。


その後、一通りの撮影を終えた俺たちは、被服部の面々より一足早く下校することになった。

「いやあ、無事に支持者が増えてよかったな」

宮原の暴走を止めることに成功した俺たちは、なんとか被服部を味方に付けることに成功した。最後の最後でどんでん返しを食らいそうになったが、終わりよければ全てよしということで。

ほっと胸をなで下ろす俺に、凪も頷く。

「そうだね。思ったよりうまくいってほっとしたよ……途中で色々あったけど」

何かちくりと刺すような呟きが聞こえてくる。

結局、凪がメアの衣装を着る流れを止められたんだし、むしろ褒めてほしいと言いたいところだが、口に出したら絶対藪蛇(やぶへび)になるのでスルーします。

「ともあれ、メア時代のコネが残っててよかったな。それがなければ手詰まりだった。なかなかの昔取った杵柄だったぞ」

「まあね。そもそもその黒歴史がなければ、そんな杵柄使う必要もなかったんだけども」

素直に褒める俺に、複雑そうな表情をする凪。

荒療治を経たとはいえ、まだまだ過去のトラウマは強そうだ。

そんなふうに話しながら歩いていると、見覚えのある公園にやってきた。

「ここは……」

「わ、懐かしいね」

俺と凪は二人して驚き、顔を見合わせた。

ここは俺と凪——『災禍の悪夢』が初めて出会った場所であり、多くの写真を撮影した場所でもある。

俺たちが会っていたのは、ちょうどこんな感じに夕焼けが照らすような時間帯が多かった。

そのせいか、妙にノスタルジックな気分になる。

「……寄っていこうか」

凪も同じ気持ちだったのか、今は黒歴史のトラウマに襲われるような気配もなく、穏やかな表情でそんな提案をしてきた。

「そうだな」

頷き、俺は凪とともにブランコに座った。

「懐かしいね、ここ」

「そうだな。お前はよく遅刻してきたから、俺はいつも一人でここの風景を撮影してたわ」

数年越しに恨み言を言うと、凪は気まずそうに視線を逸らす。

「あはは、ごめんね。実はあの頃、服を買うのにお金使いまくってたから、電車賃を捻出するのが厳しくてですね……時間かけて自転車で来てたりしたのです」

その意外な事実に、俺は少し驚いた。

「おお、『大物は最後に現れるのが様式美。むしろ早く来るほうが間違っておる!』なんて気位の高い台詞の裏に、そんな事実があったとは」

「うっ! その節はご迷惑をおかけしたのを平に謝るので、過去の痛い発言を掘り返すのをやめてください」

凪はナイフで刺されたかのように胸を手で押さえた。

それを見て少し笑いながら、俺はブランコを漕ぐ。

「いいさ。俺もこの辺りの風景は気に入ってたしな。待ってる間に写真映えするスポットを探すのも苦じゃなかったから」

それに浮いた金を衣装代に回したというのなら、俺に文句などあるはずもない。

「じゃあ翠洸に進学したのも、それが理由？」

凪も合わせるように軽くブランコを漕ぎながら、そんなことを訊ねてきた。

「んー、まあ理由の一つではあるな。他に思い入れのある場所もなかったし」

俺の親は転勤族だったため、小さい頃から色んな土地を転々としていた。

そのため、地元という感覚がよく分からないまま俺は育ってきたのである。

だからだろう、凪と会っていたこの街が、俺にとって一番思い入れのある場所なのだ。

「あと普通に成績的に翠洸がちょうどよかったからな」

「うぐ……私は学力足りなくてめちゃくちゃ努力したのに」

俺の台詞に、凪は拗ねたように唇を尖らせた。

「そりゃあアイドル活動で忙しかった奴よりは余裕あるさ。そんな無理して入ったのは、やっぱり生徒会のことがあったからか？」

俺の疑問に、凪は首を横に振る。

「ううん。ここ、お母さんの母校だから、それで。まさかそのせいで生徒会長選挙に出ろなんて言われるとは思わなかったけどね」

苦笑する凪に俺も頷く。

「禍福はあざなえる縄のごとしってやつだな」

「……それ、『幸福と不幸はかわるがわる来る』みたいな意味でしょ？　幸福が来た覚えがないんだけど」

「そうか？　生徒会長選挙のおかげでもう一回俺たちが友達になれたじゃん。十分に幸福来てるだろ」

俺の言葉に、凪はちょっと赤くなってから目を逸らした。

「……相変わらず恥ずかしいことを平気で言うね」

微妙に否定的な態度の凪に、俺はちょっぴり傷つく。

「む、もしや凪は俺と再会できたことを幸せだと思ってない？」

「い、いや、そういうわけじゃ……」

目を白黒させて弁明しようとする凪に、俺はわざとらしく肩を落として溜め息を吐く。

「あーそういや俺にバレないように変装してたんだっけ。そっかー、俺と会いたくなかったのかー、ショックだなあ」

「そ、そんなことないから！」

今度こそ慌てたように否定する凪を、俺は荒んだ目でちらりと見た。

「本当かあ？　じゃあ『来栖君と再会できて、とっても幸せ』って言ってくれ」

「く、来栖君と再会できて、とっても……って、からかってるでしょ！　笑いを堪えてるの分かるし！　肩がプルプル震えてるからね⁉」

む、しまった。

楽しすぎて感情の抑制に失敗したらしい。

「すまん、幸せすぎて笑みが零れた」

「私は全然幸せじゃないけどね！　全然幸福と不幸がかわるがわる来てない！」

ご立腹な様子の凪。

「まあそう言うな。これでも無償で働く善意の協力者だぞ」

「それは……感謝してるけどさ」

口ではそう言いつつ、なんか釈然としないような表情をしている凪。

かと思うと、彼女はふと思いついたようにブランコを止めて俺の顔を見た。

「ねえ、来栖君はどうして私の選挙に協力してくれるの？」

「なんだ、急に。お前が頼んできたんだろうが」

不意打ちのような問いかけに、俺は眉根を寄せた。

「そうだけど、そうじゃなくて……なんていうか、いくら昔の友達って言っても、来栖君にとっては面倒なだけで得がないじゃん。なのに、どうして善意の協力者になってくれたのかなって」

「そんなの――」

大好きな凪ちゃんの頼みだからだ、と常のように軽く答えようとする。

が、その瞬間、探るようで、どこか不安そうな顔の凪と真っ向から目が合ってしまった。

その瞬間、これは茶化してはいけない問いかけなのだと理解する。

「……楽しそうだったからに決まってるだろ。俺がお前に付き合う理由はいつだってそれだよ」

そう素直な気持ちを伝えると、彼女は驚いたように瞬きをした。

「楽しそうだったって、本当にそんなことで？」

「もちろん、あくまで困ってるお前を放っておけなかったのが一番の理由だけどな。その上で、俺にとっての得を挙げるとするならそれだ」

当然ながら、俺には凪に伝えていない理由だってたくさんある。

たとえばそれは、凪の正体に気付くまでに送っていた退屈な日常への嫌悪だったり。

あるいは、凪の事情を聞いた時に抱いたある複雑な気持ちだったり。

そういうネガティブな理由みたいなものはたくさんあるけれど、俺にとって一番の『得』となる理由と考えたら、やっぱり楽しそうだったからというのが真っ先に来る。

「多分さ、俺は自分の知らないところで勝手に『災禍の悪夢』がいなくなったの、嫌だったんだろうな。けど、こうして再会して、凪が昔の自分に……メアに振り回されてるのを見て、なんだか懐かしくなったんだ」

『災禍の悪夢』というのは本当にたいした奴だ。

昔から俺を振り回していたが、こんなに時間が経ってから自分自身のことすら振り回してくるとは。

それがあまりにもメアらしいめちゃくちゃさで、だけど面白くて、あの喫茶店で最高の口説き文句を受けた時、俺も衝動的にその中心に飛び込みたくなった。

「俺はね、もう一回くらいメアに振り回されてみたかったんだよ」

これが、今の偽らざる気持ち。

昔は俺一人がメアに振り回されてたけど、今度は俺と凪二人がかりで振り回される。

そんな日々はきっと楽しいと思ったのだ。

「…………そっか」

それを聞いて、凪は静かに頷いた。

その笑みがどこか寂しそうに見えて、俺は咄嗟に口を開こうとする。

「……もしかして来栖君ってドMなの？」

が、それより先に凪が何故かドン引きしたように訊ねてきた。

「誰がドMだ！」

あらぬ誤解を受け、俺は抗議する。

「いやだって、自分で言うのもなんだけど、あんな面倒くさい子に振り回されたいとか思わないって、普通。絶対ドMの素質ある」

さっきの仕返しとばかりにからかってくる凪。

だが、俺もやられっぱなしではいない。

「ねえよ！　俺は人並み外れて面倒見がいい人格者なだけだ！　お前のほうこそドSの素質あるんじゃねえのか⁉　なんせ自分自身にこんだけ痛い思いさせてるんだからな！」

「うぐっ！」

俺のカウンターが決まると、凪は胸を押さえてよろめいた。

しばし、バチバチと睨み合う俺たち。

が、そんな争いを冷ますように一際冷たい夜の風が吹き、俺たちは同時に首を竦めた。

気付けば、さっきまであかね色だった空が、もう半分群青色に染まっている。

「……帰るか」

「……そうだね」

一瞬でクールダウンさせられた俺たちは、とぼとぼと公園を後にする。

実りの多い一日の最後に、不毛な争いで消耗してしまった。

「来栖君」

公園を出たところで、不意に凪が名前を呼んできた。

「なんだ？」

「ありがと」

「急になんだよ」

隣を見ると、凪は照れ臭いのか頑なに前を向いたままだった。

「お礼、言ってなかったなって思って。選挙を手伝ってもらってるのに」

妙に律儀なことを言ってきた凪に、俺は思わず苦笑を浮かべる。

「今さらだな。俺は俺が楽しいからお前に付き合ってるんだ、礼を言われることでもない」

「分かってるけど……それでもだよ」

メアだった頃であれば、絶対にこんな礼は言わなかった。

俺が自分の隣にいるのなんて当たり前だと思っていた奴だったたし、俺だってそう思ってたから。

むしろ、こんなことで感謝されると、水臭いとすら感じたくらいだ。

けど、今の凪はそう思ってくれてはいないのだろう。

一年半の空白が生んだ、目に見えない壁。

それが俺たちの前に立ち塞がっている。

「じゃあ、そこまで言うならどういたしましてと言っておこうか。まあ当選の暁には言葉だけじゃない謝礼も期待してるけどな？」

俺が茶化すように言うと、凪は渋面を浮かべた。

「うぐ……い、いきなりそんなこと言われても、たいしたものは用意できないよ？」

「うん。だからいきなりじゃなく、こうして予め言っておいたというね」

「何その包囲網！　伏線の張り方が陰湿！」

慌てたように目を白黒させる凪に、俺は思わず笑い返す。

ああ——別に壁があっても構わないさ。

だってそうだろ？

同じ人間と二度も親友になるなんて、それもまた楽しそうじゃないか。

幕間。

来栖(くるす)君と別れて、自宅に着くなり、私は制服のままベッドにダイブした。

じわりと心身に疲労が滲(にじ)む。

久々にやったモデルの仕事が相当響いたらしい。

「…………」

けど、それだけじゃない。

『俺はね、もう一回くらいメアに振り回されてみたかったんだよ』

分かっていた。そんなことは初めから分かっていた。

だって高校に入学してから一度も接点がなかった。過去と向き合うのが嫌で、自分から避けていた。

それなのに今、自分は彼を都合良く利用している。

そんな酷(ひど)い女なのだ、私は。

だから、これは当然のこと。

——なのに、来栖君が今の自分ではなくメアを見ていることに、思ったよりずっとへこんでいる。

「……しょうがないけどさ。今の私、つまんないもん」

ぽつりと零(こぼ)れる呟(つぶや)きは自嘲。

私は昔の自分に戻りたいなんて、一度も思ったことはない。

あんな痛々しい真似(まね)、もう二度とできない。

けど、きっと世間から見れば、今のつまらない十七夜凪(かなぎなぎ)よりも、『災禍の悪夢(ナイトメアディザスター)』のほうが圧倒的に魅力的なのだろう。

そして、その魅力を一番理解して、引き出してくれたのは来栖君だ。

だから勝てない。昔の私に、今の私は決して勝てない。

「………っ」

私はきっと、今とても希有(けう)な経験をしている。

自分、自身に嫉妬する、なんて――。

三章 元アイドルの学力問題。

「うぅ……緊張するなあ」

廊下の隅で、凪が胃をさすりながら不安げな顔で呟いた。

「落ち着け。今さらあがいても結果は変わらん。それにこれだけで何かが決まるわけでもないしな」

「そうだけどさあ……」

隣で諭す俺の言葉も上の空の様子で、ちらちらと廊下の展示スペースを見る凪。

まあ無理もない。

今日は新聞部が行った校内世論調査の発表日だ。

旧校舎系の部活をまとめて引き込むことに成功してから今日で一週間。その成果がどうなっているか、彼我の差はどれほどあるのかが分かる日なのである。

とはいえ、無駄に緊張させておくのも凪の精神衛生上よろしくない。

「そういえば、被服部の指導はうまくいってるのか？」

俺は凪の気を掲示板から逸らすべく、雑談を振ることにした。

「あ、うん。みんな基礎は出来てるからね。筋がいいって先生も褒めてたよ」

知り合いの成長が嬉しいのか、表情を綻ばせる凪。

「特に紬はすごくうまくて、現時点でもプロに近い実力があるって」

「……それもう指導者とか雇わなくても、あいつが教えればよかったんじゃないか？」

例の件の顛末を思い出し、ついそんなことを言ってしまう俺である。

「紬が入学した時にそれも試したけど、みんな口を揃えて『何を言ってるのかよく分からない』って言われたんだってさ。独学のせいか、紬の作り方ってめちゃくちゃ独特らしくて」

苦笑しながらそう教えてくれる凪に、俺は妙に納得してしまった。

「名選手、名監督にあらずってやつだな。天才肌はこれだから困る」

「あ、それで思い出したけど、紬はしばらく選挙の手伝いに来られないって」

ぽんと手を打って、そんなことを切り出してくる凪。

それを見て、俺はとっても哀れな目を彼女に向けた。

「なるほど、とうとう見捨てられたか……大丈夫だ、俺は決してお前を裏切らないからな」

「違うよ！　単にコンテストが来月あるから、それに集中したいだけだって！」

「なんだ、弱ったところに付け込んで好感度上げてやろうと思ったのに……残念だ」

「好感度ならたった今ガッツリ下がったよ！」

作戦が裏目に出てしまったらしい。重ね重ね残念だ。

「それは置いといて……被服部のコンテストか。まいったな、ちょっと手を借りられないかと思ってたんだが」

被服部を支持層に引き込めたし、そっちからの人員派遣も考えていたのだが、白紙にしなければいけないかもしれない。

「それは無理だと思うよ。選挙の翌日に締め切りって言ってたし」

苦笑気味に情報を伝えてくる凪。

むぅ……モロ被(かぶ)りしてしまったか、それでは無理だな。

「あ、それより来たみたいだよ」

俺が頭の中で予定を組み直していると、凪が展示スペースを指差した。

見れば、新聞部の生徒が最新の紙面を貼り付けている。

「ようやくか。さっさと見て帰るぞ」

「う、こ、心の準備が……ちょっと深呼吸するから待って」

すぐに新聞を見る俺に対して、凪はまだ躊躇(ちゅうちょ)しているようだった。

常に紳士であることを心がけている俺は、当然その要求に頷(うなず)く。

「分かった。7・3で陸奥(むつ)先輩が勝ってるって情報はまだ言わない」

「全部言ってるけど⁉」

まんまと不意打ちをかまされた凪はショックを受けていたが、何かと尻込みしがちな彼女にはこれくらいがちょうどいいだろう。

「まあいいじゃんか、いい知らせなんだし。前回95%だった陸奥先輩の支持率を70%まで落としたんだぞ。喜べよ」

「変な不意打ちのせいで完全に喜ぶタイミング逃したよ！」

消化不良と言いたげな表情を浮かべる凪。

とはいえ、これ以上不意のネタバレをされるのはゴメンだったのか、ようやく自分で紙面を読み始めた。

「ほんとだ。まだ負けてるけど、今までのやり方は間違ってなかったってことだよね」

「そうだな。楽観はできないけど、手応えは感じていいと思うぜ」

俺がお墨付きを与えると、ようやく凪は表情を綻ばせた。

「うん。ありがとね、来栖君。けどまだ差はあるし、頑張らないと！　次は何をやるの？」

やる気を新たにした凪に訊ねられて、俺は少し思案する。

正直、旧校舎系の部活を丸ごと寝返らせたような劇的な策はない。

あとはいかにコツコツと支持率を稼げるかになってくるが……まあ手詰まり気味なのも事実。

「んー……残念ながら派手な手は打ち止めだな。ここからは小さなことを地道に積み重ねて票に繋げるしかない」

「そっか。なら今まで以上に頑張らないとね」

深刻な表情をする凪。

あまり思い詰めても仕方がない。プラスの要素も教えておこう。

「まあ、そう重く捉えるな。幸い、一年生はまだ陸奥先輩の影響下にない。取りに行くなら容易なはずだ」

最初の学内世論調査ではぶっちぎりの結果を見せた陸奥先輩だが、一年生は多分『よく分からないから一番それっぽい人に入れておけ』という精神で投票した奴が大半だろう。俗に言う日和見票というやつだ。これを取りに行くのはそこまで難しくはない。

「うん、そうだね。ありがと」

凪も安心したのか、少し表情を緩める。

そうして、俺たちが今後の方針を固めた時だった。

唐突に背後に気配を感じたかと思うと、俺の両目がぽんと何かで覆われる。

「ふふっ、だーれだ？」

耳元で囁くような声と、ふわりと漂う甘い匂い。

視界を封じられても分かる、この包容力満点な気配は……！

「陸奥先輩？」

「せーかい。よく分かったね、来栖君」

途端、俺の目の前に陸奥先輩が飛び出してきた。

「おはようございます、先輩。なんともお茶目な登場ですね。かなりドキドキしました」

意図せず密着する形となった俺は、我ながら緩んだ表情で挨拶した。

「……どうも」

ぽつりと挨拶を返した凪からは酷く冷ややかな気配がしていたが、触れると藪蛇になりそうなのでスルーします。

「それにしても、俺の名前も覚えてくれてたんですね」

都合の悪い流れを変えようと、先輩に話題を振る。

「うん。これでも人の名前を覚えるのは得意だからね。それにライバル陣営だし？」

言ってから、先輩は貼り付けられた新聞を一瞥して、目を見開いた。

「わ、こんなに差を詰められちゃってる。すごいのね、二人とも」

苦笑気味に俺たちの健闘を讃えてくる陸奥先輩。

「まだまだですよ。先輩の牙城を崩すには至らないようで」

俺が営業スマイルで応じると、先輩はどこか探るような目で俺を見た。

「へえ、随分と謙遜するわね。まだ何かとんでもない隠し球があるのかしら？」

「ええ、もちろんです。今後を楽しみにしておいてください」

——まあハッタリなんだけどな。普通に打ち止めだし。

とはいえ、そんな弱みを見せていいことなんてない。先輩にはせいぜい無意味な警戒に労力を割いてもらおう。

「あはは、油断ならないなあ。これは私も頑張らないとね。じゃ、新聞も見たしそろそろ行こうかな。二人とも、またね」

敵情視察は終わりとばかりに手を振って踵を返す先輩。

ふわりとバラのような残り香だけを置いて去っていく後ろ姿に、俺は思わず目を奪われてしまった。

物腰柔らかだけど聡明な年上の女性。

「……やっぱりいいなあ」

思わずぽつりと本音が零れると、それを聞き逃さなかったらしい凪がじとっとした目をこちらに向けてきた。

「なに見惚れてるの。先輩は敵なんだからね」

更に温度を下げた凪の言葉に気まずくなった俺は、居住まいを正して彼女に向き合う。

「心配するな。俺は仕事とプライベートは分ける人間だから。正直、先輩はめっちゃタイプだけど、それとこれとは別です」

「そんな分別があるようには見えないけど？」

きりっとした顔で弁明してみたが、凪には通用しなかったようで冷たい声音を崩さない。

言葉での説得は無理っぽいな。こうなったら実績で黙らせよう。

「おいおい、俺がやってきたことを振り返ってみろ。いつだって凪のためになっただろ？」

「む……それは確かにそうだね。色々やってくれたし」

やはり俺の貢献度は評価しているようで、凪はようやく表情を和らげてくれた。

あと一押しだ。

「だろ？　人前で凪に告白してみたり、宮原（みやはら）を口説く勢いで褒めてコスプレさせたり、先輩に見惚れたのに我慢したり、俺も色々頑張ってるんだから」

「一気に説得力消えたけど⁉　そこだけ抜き取ると選挙を口実に彼女を作りに来た人みたいになってるよ！」

「そんなわけあるか。どちらかというと選挙に力を入れている」

「どちらかというと⁉　一〇〇％選挙に集中して欲しいんだけど！」

「じゃあ早く彼女作って選挙に集中できるように頑張るよ」

「優先順位！　なんで彼女作りが勝っちゃうかな⁉」

いかん、このままでは信頼関係にひびが入ってしまう。

さてどうしたものかと思いながら視線を巡らせると、不意に展示スペースに貼ってある一枚の紙が目に入った。

「あれ……これって」

そこに書いてある情報をじっと見つめる。

「来栖君？　このお知らせがどうかしたの？」

俺の様子が不思議だったのか、凪も同じ紙を見て小首を傾げた。

それと同時に、俺の脳裏には一つの天啓が降りてくる。

「これ……使えそうだな」

放課後。

俺と凪は駅前の喫茶店に来ていた。

凪の正体を知った後に入った隠れ家的喫茶店。相変わらずうちの生徒の姿はなく、密談にピッタリの雰囲気である。

――で、そんなところにわざわざ来て何をやっているのかと言うと。

「く、来栖君……一応できた。うぅ……数学は苦手だよ」

「よし、じゃあ採点していくから待ってろ」

そう、この通り、凪に抜き打ちテストをしているのだった。

「頭痛い……なんでこんなことを」

相棒であるはずの俺からもたらされた奇襲に、凪は見事討ち死にし、疲労困憊の体でテーブルに突っ伏した。

俺はそれを無視しつつ、テストの採点を終わらせる。

「よし、一通り採点終わり。五科目平均は約四七点だな。赤点ラインギリギリじゃねえか、もうちょい勉強頑張れよ」

容赦ない感想を零すと、凪は気まずそうに目を逸らした。

「いやあの、アイドル時代のブランクがまだ埋まってなくてですね……」

「昔は自分のことを『偉大なる指導者』とか言って、人に物を教えられる程度には勉強できたのになあ」

「やめて！　思い出させないで！　馬鹿だと支配者として格好付かないからって理由だけで勉強を頑張ってた痛い過去を！　もうね、万物の支配者ヅラしてる中学生ってだけで馬鹿なのになんで気付かないかなあ！　私！」

さっきの数倍苦しむ凪である。どの分野にも地雷があるな、こいつ。

「まあ凪の過去の成績は置いといて……もうちょい勉強できるようになってもらわないと、今後の作戦に響くぞ」

そう呟くと、凪はテーブルから顔を上げ、じっとこっちを見てきた。

「ねえ、いい加減教えてほしいんだけど、作戦って何をする気なの？」

「ん？　ああ、さっき展示スペースに貼ってあった紙の内容、覚えてるか？」

「うん。確か、『追試の日程』でしょ？」

凪の言葉に俺は頷く。

つい先日、うちの学校では中間テストがあった。

俺はある程度余裕を持って、そして凪はギリギリ乗り越えたテストだったが、追試のお知らせが出たということは、残念ながらラインを越えられなかった者もいたということ。

「高校に入って科目も増えたし、壁にぶつかる生徒が一定数出たはずだ。なら、そいつらに俺たちが勉強を教えてやれば――」

「……私の支持者になってくれる？」

「そういうことだ」

今回追試になった奴、追試は免れたけど成績が怪しい奴。

そいつらは期末テストに向けて非常に大きな不安を持っている。なんせ期末の追試は夏休みがガッツリ潰れるし、何よりこれからの高校の勉強についていけるのかというプレッシャーに襲われているはず。

そこを、俺たちが掬（すく）い上（あ）げる。

「そっか！　確かにそれなら結構な人数を集められそうだね」

先の展望が見えたからか、凪の表情は明るい。

一方、俺の表情は凪と対比のように暗かった。

「ただ……当然ながらこれには一つの最低条件がある」

「なに？」

俺が渋い顔で告げた言葉に、凪は小首を傾げる。

「言うまでもない――お前が教師役としてふさわしい学力を持っていることだ」

「うっ……！」

その事実を突きつけると、凪は刃物で刺されたかのように胸を押さえた。

「く、来栖君が教師役になるのは？」

「お前の人望を増やすための施策だぞ。当然俺も手伝うけど、お前が前線に立たないのは論外だ。むしろ馬鹿なイメージが付いたら生徒会長選挙では取り返しがつかない」

「で、ですよね」

だから予め、こうして現在の学力を測ったのだ。

結果、残念ながら困った事実に直面したわけだが。

「……仕方ない。みんなの勉強を見る前に、凪のことを鍛えるしかないか」

教師役ができるレベルまで、急ピッチで詰め込んでやろう。

「お、お手柔らかにお願いしますね？」

凪は俺の雰囲気に異様なものを感じたのか、ちょっと怯えた様子を見せた。

そんな彼女に、俺はにっこりと笑いかける。

「任せろ。食事と睡眠の時間だけはちゃんと残してやるさ」

その宣言に、凪の表情が絶望に染まるのが見えた。

「ま、待って！　そんな長い時間どこで勉強する気⁉　学校の図書室だって下校時刻になれば閉まるし、毎回こんなちょっとお高い喫茶店に来るわけにもいかないよ！」

見えている地獄をなんとか回避しようというのか、凪は必死の形相で理論武装をしてきた。

「その辺のファストフードの店でやればいいだろ」

「よ、よくないね！　あまり長時間居続けると他のお客さんの迷惑になるし、万が一クレームが学校に来たら他の生徒からの心証が悪くなるでしょ！」

なかなか小賢しいことに頭が回る。その知恵を勉強に使えばいいものを。

とはいえ、ここまでの反論は予想済みだ。こちらにも策がある。

「じゃあ、俺の部屋でやるか。あそこなら遅くなっても平気だし」

と、思春期の女子には大変厳しい要求をした。

これで凪が断ったところで適当にファミレスでの勉強を提案する。

すると凪は俺の部屋に来るよりはマシだろうと思い、その提案を吞むはずだ。

最初に無茶振りしてハードルを上げ、次の要求を通りやすくする。

これぞ交渉テクの基本、ドアインザフェイスだ。

さあ凪、この俺の無茶振りで隙を見せろ！

「え、あ……部屋？　えと、あの」

が、予想に反して凪は顔を赤くすると、目を泳がせた。

あれ、なんか思ってた反応と違う。

「まあ、うん。勉強……だしね。分かった。あ、で、でも！　明日からにしてよ！　今日はさすがに心の準備もできてないし！」

「あ、はい」

予想外のリアクションを取られ、逆に困惑してしまった俺は、凪の態度に気圧されて素直に頷き返してしまった。

なんかよく分からないけど、話がまとまったらしい。


翌日の昼休み。

放課後に自宅での勉強会が確定するという、想定していなかった事態にちょっと緊張していた俺だったが、それとは別にもう一つ考えなければいけないことがあった。

「おーい、玲緒君。ちょっと探り入れておいたよー」

昼食を済ませ、自分の席でスマホを眺めていた俺の下に、宮原がひらひらと手を振りながらやってきた。

「おう、お疲れ。悪いな、わざわざ」

俺の前の席に座った宮原に、さっき自販機で買っておいたいちごオレを献上する。

「いやいや、こっちこそ最近は任せっぱなしで申し訳ないくらいだよ」

いちごオレの紙パックにストローを刺す宮原。

「で、どうだった?」

「割と反応よかったよ。少なくとも私の周りだけで二十人くらいは確保できそうかな」

「二十か、思った以上だ。やっぱり勉強に不安を持ってる奴らが多いらしいな」

話している内容は他でもない、勉強会に参加する人数だ。

俺は昨日のうちに宮原に今後の戦略を話し、勉強に不安を持っている生徒たちや勉強会に興味を持っている生徒がいるかを調べておいてもらったのだ。

全校生徒が約九百人であることを考えると、二十人というのはいかにも心許ない数字だが、百里の道も一歩からである。ひとまず上々だろう。

「うん、赤点ラインじゃなくても、中間テストで思ったほどの結果が出なかった子たちも多かったから。そういう子たちにも一応声をかけてたんだけど、もう少し絞る？」

「いや、そのままの方針で頼む。数は力だからな」

俺がそう告げると、宮原は心配そうに眉根を寄せた。

「それはいいけど……教師役は足りるの？　玲緒君と凪ちゃんだけでしょ？　それに凪ちゃんは付け焼き刃だし」

と、もっともな指摘をしてくる宮原。

「そこは確かに泣き所だよ。欲を言えば上級生に手を貸してもらいたいところだな。同級生だけだと統制が取れなくなる可能性あるし」

勉強会の名目で集まっていたはずなのに、気付けばゲーム大会になっていたという経験は俺にもある。

それはそれで支持率を上げられそうだが、端から見てると堕落した一派になってしまう。きちんと規律の取れた勉強会にしたい。

「言っておくけど、被服部の先輩は無理だよ。今コンテストに向けて全リソース割いてるし。ちなみに私も同じ理由で厳しい」

「だよなあ」

凪からも言われていたことだし、そこに関しては元々期待していないが、やはり駄目だったか。

今回みたいに友達と昼食を摂るついでに探りを入れてもらうみたいなことはまだしも、放課後に時間を作ってもらうことは厳しいだろう。

となると、方法は一つか。

「分かった。とりあえず今回はこれで十分だ。助かったよ」

「ん、どういたしまして」

ひらひらと手を振って去っていく宮原。

それを見送ってから、俺は立ち上がって凪の席に近づいた。

「おーい、凪」

声をかけると、授業の復習をしていた彼女はビクッと肩を跳ねさせてから、ぎこちなくこちらに振り向いた。

「く、来栖君？　どうしたの？」

若干、声が上擦っている。

今日の放課後に俺の家に来るという約束をして以降、ずっとこの調子だ。

売り言葉に買い言葉で約束をしたのだろうが、やはり思春期に異性の部屋に来るなんて相当ストレスがあるのだろう。

まあだからと言って今さら撤回させようとすると、逆にムキになるのが十七夜凪という奴なのだが。

「ちょっと来てくれ。例の計画について相談がある」

なので、約束のことには触れずに用件を伝えた。

するると凪は安心したのか、露骨にほっと一息吐く。

「な、なんだ、そっちの話か……分かった」

教科書とノートを仕舞って立ち上がる凪。

そんな彼女を連れて、俺は廊下に出た。

「それで、相談ってなに？」

歩き出す俺の隣に並んだ凪が、こっちを見上げながら小首を傾げた。

「宮原とも話してたんだが、ちょっと生徒数に対して教師役が足りないんじゃないかって」

「む……確かにそれは問題だね。教師役となると相当の日数を拘束することになるし、私も頼めそうな子に心当たりがなかったから」

俺たちの懸念を凪も薄々感じていたのか、静かに頷いた。

「ああ。で、それについての解決策を宮原と探ってたわけだが、同級生だけだとだらけるし、目上の人がいた方が理想的じゃないかと」

「それはそうかも。でも被服部の人たちは今忙しいでしょ？　となると……あ、もしかしてまた私のコネ頼り？　言っとくけど、そうそう都合のいい人はいないんだからね」

　また『災禍の悪夢（ナイトメアディザスター）』時代の人間関係に手を伸ばさなければいけないと思ったのか、凪は露骨に渋面を作った。

「大丈夫だ。今回はお前の『世界書架（ライブラリ）』に『支配接続（アクセス）』して『勇士の軍勢（レギオン）』を借りようというわけじゃないし」

「唐突に昔使ってた厨二（ちゅうに）用語持ち出すのやめて！　あと私のコネじゃないならどうするつもりなの？」

「俺たちと利害が一致する人に助けてもらおうと思う」

　そう提案するも、凪は思い当たる節がないのか眉根を寄せた。

「利害の一致……？　テスト勉強を見てあげて利益あるのなんて先生くらいしか」

「もう一人いるだろ。一年生との接点はなく、今切実にそれを求めている人間が」

　そこまで告げたところで、俺は足を止めた。

　目の前にあるのは、『生徒会室』というプレートが貼られたドア。

「まさか……」

　それを見た凪もようやく察したのか、顔を引きつらせた。

「というわけで、陸奥先輩に助けてもらおう」

堂々とドアをノックする俺に、凪はぶんぶんと首を横に振る。

「いやいやいや！　それじゃ私たちだけの手柄じゃなくなるじゃん！　何考えて――」

「失礼しまーす」

「って、無視しないで⁉」

なんか言っている凪を華麗にスルーして、生徒会室に突入する。

中にいたのは、長机で書類作業をしている陸奥先輩ただ一人。

都合がいい。余計な邪魔は入らなさそうだ。

「あら、どうしたの？　二人揃って」

突然の来訪にも動揺することなく、ふわふわした優しい笑みで出迎えてくれる陸奥先輩。

「いや、お仕事で忙しい中、急に来てすみませんね」

いきなりちょっと癒やされた俺は、自然と笑顔を返した。

「……すっごい鼻の下伸びてるけど」

隣から氷柱（つらら）のように冷ややかな声と視線がぶっ刺さるが、これもまたスルーします。

「いいのよ、今は生徒会も解散してて活動はないもの。ただ他に人が来ないから勝手に借りてるだけで。あ、ちょっとだけズルだから内緒よ？」

悪戯（いたずら）っぽく笑って、唇に人差し指を立てる先輩。そういう仕草も超可愛（かわい）い。凪が隣で目を光らせていなければ、うっかり惚れていたところだ。

「というわけで気にしないで座って」

手で座るよう促す先輩に、俺は首を横に振った。

「いいえ、すぐに済む用件ですから。実はですね、先輩に少しお願いがありまして」

「お願い？」

可愛らしく小首を傾げる先輩に、俺は首肯する。

「ええ。今度一年生で勉強に苦労してる奴らを集めて勉強会することになったんですけど、教師役が足りなくて。先輩、お時間あったら手伝ってくれませんか？」

そう頼むと、先輩は驚いたように目を見開いた。

そのまま、しばし探るような視線を向けてくるも、俺がにこにこと笑顔を保ったままでいるのを見て、ようやく口を開いた。

「……それ、明らかに選挙用の対策だよね。いいの？　手柄を分けるような真似(まね)をして」

いつものふわふわした雰囲気の中にも、確かな猜疑心(さいぎしん)を滲(にじ)ませる先輩。

が、それでも俺はペースを崩さずに頷いた。

「もちろんです。未来の生徒会長たる者、私利私欲を優先して困っている生徒を見捨てるわけにはいきませんからね。票を稼ぐ上では惜しいですが、今回ばかりはみんなのためということで」

自分で言ってて死ぬほど胡散臭い(うさんくさ)が、先輩としてはメリットしかない話である。

敵がわざわざ票稼ぎの策に一枚噛(か)ませてくれるのだから。

「……そう。ええ、それを言われたら同じ生徒会長を目指す身としては断るわけにはいかないわね。私も困ってる後輩は見過ごせないもの。いいわ、手伝う」

隣の凪からちくちくした視線が刺さるものの、一応は俺を信用してくれているのか、ここで詰問するような真似はしてこない。

「ありがとうございます。では具体的なことが決まったら共有しますので、それまでお待ちいただければ」

「分かったわ、よろしくね。ふふっ、教師役なんて滅多にしないから楽しみ」

ふわふわした雰囲気のまま、はしゃいでみせる先輩。

それを確認してから、俺は踵を返す。

「では、これ以上お邪魔しては申し訳ないのでこれで失礼しますね」

「お、お邪魔しました」

俺が退室しようとすると、凪も慌てたようについてきた。

そのまま廊下を歩き、生徒会室からある程度離れたところで凪はピタリと足を止める。

「ねえ、どういうことなの？　なんでよりによって陸奥先輩に声をかけたの？　これじゃ私に票を集められないじゃん」

不満そうな顔で訊ねてくる凪。無論、それに答える準備はしてある。

「そう言ってもな。どうせ勉強会を開催できなければ、勉強苦手組は先輩の方を向いたままだぞ。だったら多少損してもしっかり開催した方が得だろう」

「そりゃそうだけど……あれ？」

俺の説明に納得しかけた凪だったが、途中で眉根を寄せた。

「……じゃあ、なんで先輩は受けてくれたんだろ？　教師役を断って、勉強会を中止に追い込んだ方が得なのに」

気付いたか。

そう、ライバルである先輩に助けを求めている時点で、凪には上級生とのコネがありませんって言っているようなもの。ここで断れば中止に追い込めるのは確実だ。

なのに、どうして先輩は引き受けたのか。

「簡単だ。先輩は俺たちと旧校舎組の繋がりを知らないのさ。だから、凪が怒濤(どとう)の追い上げを見せたのは、一年生を味方につけたからだと思ってる。それが一番自然な票田だからな」

旧校舎部活連合(ユニオン)の始動は選挙が終了してからになっているし、関係者には口止めもした。

よって、先輩が俺たちの票田を知っているはずはない。

「そっか……だから先輩は怪しいと思っていても踏み込んできたんだ。こっちの票田を切り崩すために」

「ああ。逆に言えば、一年生に目が向いている限り、旧校舎に目が向くことはない」

票田を崩すというのは非常に大きいことだ。

どちらに入れるか決めていない浮動票を一人分持っていかれるより、確実にこちらに入れることを決めている支持者を一人持っていかれる方が圧倒的に痛い。

「こっちとすれば、本来なら開催不可能な勉強会を先輩の力で開催できた上、旧校舎から先輩の目を逸らすこともできる」

「なるほど。そんなことまで考えてたんだ……確かにそれなら一石二鳥だね」

凪もようやく納得できたのか、驚きに目を見開いた。

「あと俺も美人の先輩と過ごす時間が増える。一石三鳥だ」

「一羽余計に入れないで⁉ やっぱどう足掻いても私利私欲が入ってくるんだね！　どうして素直に褒めさせてくれないかな⁉」

作戦を成功させたというのに、何故か評価が落ちてしまう俺であった。不思議。

そんなやりとりがありつつ迎えた放課後。

そう、約束の放課後である。

ホームルームが終わるなり立ち上がった俺は、若干緊張しつつ凪の席に向かった。

「凪」

「ひゃい！」

後ろから声をかけると、彼女は昼休みの比じゃないほど緊張した裏声を上げた。

「今日も勉強やるぞ」

「そ、そうだね」

俺が促すと、彼女は錆(さ)びたロボットのような動作で帰りの支度を済ませ、立ち上がる。

……やばい。落ち着いてるつもりだったが、こうも間近でぎくしゃくされると、こっちまで緊張が移りそうだ。

俺たちは二人揃って妙に張り詰めた雰囲気を纏(まと)うと、そわそわしながら学校を出る。

「…………」

「…………」

校門を出て、駅に向かい、電車に乗り込むまで完全に無言。

電車が揺れ、軽く手が触れる度に凪はピクッと小動物のように肩を跳ねさせ、赤くなって俯(うつむ)く始末。

な、なにこの気恥ずかしい空気……！

マジでどうしていいのか分からないんだけど！　誰か助けて！

心の中でそんな悲鳴を上げるも、当然ながらそれに応える人物など現れず、俺たちは電車を降りていよいよ来栖宅の前までやってきた。

「えと、ここが俺の家なんだ……けど」

「う、うん」

どこにでもある平凡な一戸建てを見て、凪はこのまま石像になるんじゃないかと思うほどに硬直した。

俺もそのまま一緒に石化しそうになったが、一つ深呼吸をして落ち着く。

大丈夫、この時間なら家には母親がいるはず。二人きりにはならない。

あとで多少からかわれるだろうが、それは政治的に必要な犠牲(コラテラルダメージ)ということで甘んじて受けよう。

などという理屈で自分を落ち着かせながら、鍵を開ける。

「ただいまー」

「お、お邪魔します」

思い切ってドアを開けるが、家にいるはずの母親からのレスポンスがない。

不審に思った俺がスマホを見てみると、案の定母親からのメッセージが入っていた。

『お爺(じい)ちゃんがぎっくり腰になったそうなので、泊まりで介護してきます』

「な、なんだと……！」

思わぬ事態に目を剝く俺。最後の防波堤が！

「どうしたの？」

不思議そうに小首を傾げる凪。

「えっと……母親が今日に限って外泊するって」

「え……ええ⁉」

凪は途端に顔を赤くして、さっと身を引いた。

いや分かる。このタイミングだもんな！　俺がわざとそういう日を狙ったように見えるよな！　だが誓って不可抗力です。

「ええと、やっぱりどこか他の場所で勉強するか？」

さすがにこれは不安だろうと提案すると、凪ははっと我に返った様子になった後、逡巡するように視線を泳がせてから、静かに俯いた。

「い、今さら移動するのも時間もったいないし……このままでいいよ」

意外にも凪は続行の意思を表明していた。

「そ、そうか」

俺も一気に緊張が高まったものの、ここまで来たら腹を括るしかない。別になんかやましいことするつもりとか何もないし、問題なしです。

「分かった。じゃあ部屋に案内しよう」

背後で何度も深呼吸をする気配を感じつつも、気付かない振りをして階段を昇る。

そうして一番手前にある部屋のドアを開け、見慣れた我が部屋に到着した。

「入ってくれ」

「う、うん」

今日の予定に合わせて掃除しておいたので、特に変なところはないと思うが、やはり凪が部屋に入った途端に緊張が増す。

俺がガラステーブルの前に置かれたクッションに座ると、凪も自然と対面で正座した。

当然、正面に向かい合う俺たちの目が合う。

「…………っ！」

が、なんとなく二人して目を逸らしてしまった。

すると、逸らした視線の先には堂々と鎮座しているベッドが。

途端、そこから更に目を逸らして――その視線が再び合う。

な、なんだこの視線の反復横跳び。反復する度に緊張が跳ね上がっていく永久機関か。

「……飲み物取ってくる」

「お、お構いなく」

一度クールダウンする時間を作ろうと、俺はその場から脱兎（だっと）のごとく逃げ出した。

「落ち着け俺」

家で過ごすのはいつものことだし、凪と二人なのもいつものこと。

いつものことが二つ合わさっただけで、緊張する理由などない。

単に凪が緊張してたから釣られただけ、俺は平静。

そう自分に言い聞かせながら一階のキッチンでアイスコーヒーのペットボトルとグラスを用意すると、俺は二階に戻った。

「お待たせ」

「あ、うん」

戻ってくると、凪は自主的に教科書とノートを広げて勉強していた。

普段はあまり勉強に前向きではないのに、よほどこの空気に耐えきれなかったと見える。

が、おかしな点が一つ。

「……教科書とノート、逆さまだぞ」

「ふえっ⁉」

その指摘に、凪は驚いたような声を上げ、逆さまの勉強道具と俺を見比べてから両手で顔を覆った。

「うぅ……今私の顔見ないで。めちゃくちゃ緊張してるから」

そんな凪の自白が妙に可愛くて、俺も強ばっていた精神がようやく解れるのを感じた。

「分かったよ。じゃあ凪が問題を解く手元だけ見てる」

「それはそれで緊張するんだけど！」

顔を覆う手をどけて抗議してくる凪に、俺は軽く笑ってみせた。

それで緊張が解けたのか、凪も深々と溜め息を吐いてから苦笑を返す。

「もう。いじわるだね、来栖君は」

「失礼な。お前のために無償で勉強を見てあげてる親切な人間だぞ？」

「はいはい。じゃあその親切を無駄にしないように勉強頑張りますよ」

お互いに軽口を返すと、ようやくいつもの調子が戻ってきたような気がして、俺たちの間に漂っていた緊張感が完全に消え失せる。

おかげでようやく勉強が始まった。


それから一時間。

凪の苦手ポイントに合わせて俺が作った問題集をひたすら解き続けた彼女は、ペンを置くなりテーブルに突っ伏した。

「で、出来た……やっぱり数学は苦手だよ」

「お疲れ。ちょっと休憩しててていいぞ」

震える手で凪が渡してきた答案用紙を受け取り、俺は採点を始める。

「……今さらだけど、来栖君の部屋、思ったより殺風景だね」

採点を待つ間、手持ち無沙汰になったらしい凪が、部屋を見回して呟く。

確かに俺の部屋にあるものと言えば、最低限の家具と寝具の他は本棚があるくらい。味のしない部屋である。

「まあな。あ、エロ本を探すなら本棚よりベッドの下がおすすめだぞ」

「探さないよ！　ていうかなんで自分から場所言うのさ！」

「え、そういう流れじゃないのか？」

「違うけど⁉　単に来栖君の趣味とか分かるかなって思っただけなのに！」

「なるほど。俺の趣味はお前をからかうことだ」

「だろうね！　最悪の趣味だよ！」

勉強を終えた時より、更に疲労度を深める凪。

そんな彼女に追撃をかけるように、採点が終了した。

「はい、じゃあ結果発表のお時間だ。今回の小テストは七十点。だいぶマシになったが、ケアレスミスが多いな」

答案用紙を返却すると、凪はそれと睨（にら）めっこしながら呻（うめ）いた。

「うぐ……ほんとだ。出来てたはずなのに間違えてるとか悔しすぎる」

「まあ、基礎はだいぶ出来てきたから、あとは反復だな。そうだ、本棚にちょうどいい参考書があるから、その練習問題を解こうか」

「ん、了解」

凪の背後にある本棚を指差すと、凪は振り返って参考書を探し始めた。

が、その動きがピタリと止まる。

「あ、これ……」

「参考書見つかったか？」

声をかけると、彼女はそっと一冊の本を手に取った。

それは参考書ではなく、乱雑に仕舞われていた雑誌。

『期待の新星〈災禍の悪夢(ナイトメアディザスター)〉！　今最も勢いのある彼女の魅力に迫る！』

表紙にはそんな文言とともにメアの写真が載っていた。

「来栖君、こんなの買ってたんだ」

凪は唐突に黒歴史を見つけたせいか、渋い表情を浮かべていた。

「あー……まあな」

俺はなんだか照れくさくて、そっぽを向く。

だが、その間にも凪は本棚からメア時代の特集記事などが載った雑誌を見つけ出していた。

「無趣味って言ってたのに、随分と熱心に追ってたみたいじゃん」

どこか恥ずかしそうに問い詰めてくる凪。

「いや別に趣味じゃないし。ずっと一緒にやってきた友達がデビューしたんだぞ。気にするのは普通だろ」

事ここに至っては変に誤魔化すほうが恥ずかしいと思った俺は、そう素直に白状した。

「……そっか」

妙に複雑そうな表情で、手に持った雑誌に目を落とす凪。

「ああ。結構応援してたんだぜ。新曲は毎回買ってたし、ライブだって行った」

目を閉じれば、懐かしい風景が蘇る。

俺の隣にいたはずのメアは、遠い場所で輝いてて、あのままどこまでも飛んでいきそうで……それが少し寂しくて、だけどそれ以上に盟友として誇らしかった。

「お前は世界の中心で輝いてるみたいだった。それが急にアイドルやめて、理由も分からなくて、結構心配したんだぞ」

アイドルになった時、ゴシップ対策で連絡手段を絶ったのが仇になった。

俺にはメアの様子を探る手段はなくて、ただメアらしいぶっ飛び方だと思う気持ちと、何かあったんじゃないかという心配をずっと持て余していた。

「それは申し訳ないと思うけどさ」

凪は痛いところを突かれたのか、雑誌を持ったまましゅんとした様子を見せた。

「……本当はね、入学式で来栖君に気付いた時、声かけようと思ってたんだよ」

ぽつりと、彼女は語り始める。

「でも、いざとなったら躊躇っちゃった。だって今の自分はメアじゃないし。ただの地味などこにでもいる普通の女子だもん」

そうして凪は、どこか冗談めかすように明るい声と笑顔で、俺のほうを見た。

「だから、がっかりされるんじゃないかと思って。ほら、来栖君って変な子のほうが好きじゃん？『お前、普通でつまらない女になったな』って、そんなふうに言われるかと思ったら怖くなっちゃったと言いますか」

ああ――そうか。

これはきっと、再会してから彼女がずっと抱えていた本心の欠片。

それにようやく指先だけでも触れることができた俺は、複雑な感情を覚えながらも、それを隠して冗談めかした笑顔を返した。

「馬鹿言うな。俺たちの関係で、今さらそんなことあるかよ。見た目が変わろうが中身が変わろうが、何も変わったりしねえよ」

確かに彼女は昔と比べて大きく変わった。

見た目も中身も、俺への接し方も。

けど——言ってしまえば、それだけのこと。

どれだけ時間が経っても、変わらないものだってあるのだ。

初めて会った日、彼女と一緒に見た公園の夕焼けも。

最後に会った日、彼女を見送ったその背中も。

それはきっと、俺の中で永遠に変わらないものなのだろう。


「……そっか」

そんな俺の想いがどれだけ伝わったのか分からないが、凪は少しだけ俯きながら返事をする。

それからすぐに顔を上げた彼女には、いつもの笑みが戻っていた。

「あーもう、なんか余計なこと言っちゃった気がする。恥ずかしいから忘れて忘れて。早く勉強の続きしよう」

場に残っていたしんみりした空気を追い出すように、明るい言葉を発する凪。

彼女は雑誌を本棚に戻すと、そそくさとテーブルに戻ってこようとする。

が、やはり動揺していたのだろう。

凪はガラステーブルの脚に自分の足の小指を思いっきりぶつけてしまった。

「うみゅっ⁉」

妙に可愛らしい悲鳴を上げて、凪は大袈裟(おおげさ)にバランスを崩す。

痛みのせいで身体(からだ)の制御を失ったのか、そのまま俺のほうに倒れて――。

「って、うお⁉」

「きゃっ⁉」

――気付けば、凪は俺を押し倒すように密着していた。

「え、あのあのあの」

痛みも忘れたのか、真っ赤になったままフリーズする凪。

一方、俺は俺で地味にパニックである。

密着した凪はすっぽりと俺の胸の中に収まるほど華奢(きゃしゃ)で、触れた部分は同じ人間なのかと疑いたくなるほど柔らかい。

彼女が身じろぎする度にふわりと甘い匂いが鼻腔(びこう)をくすぐり、俺より少し低い体温が妙に生々しい色気を感じさせた。

ふと、このまま抱きしめたらどうなるんだろう、という衝動に駆られる。

そうして半ば無意識のうちに腕を彼女の背中に回し——かけたところで、我に返った。

いかん。このままじゃ元からあんまり性能のよくない理性が完全に活動停止してしまう。

「えーと。凪ちゃん、随分と積極的だな？」

俺が最後の力を振り絞って冗談めかすと、凪はそれで再起動したらしく、バッと飛び退いて部屋の隅まで撤退した。

「ご、ごめんね⁉　わざとじゃなくて、その」

しどろもどろになる凪に、俺は深々と頷いて理解を示す。

「分かってる。無意識のうちに俺を押し倒したんだな」

「その言い方もなんか嫌なんだけど⁉」

なんとか茶化しつつ、俺は自分の心臓がバクバクと早鐘を打っているのを必死に隠す。

危ない……なんか思った以上に凪の破壊力が高かったぞ。

「べ、勉強に戻ろうか！　私、分からないところがあったんだよね！」

「お、おう。そうだな！　今日はみっちりやろう！」

お互い、さっきの出来事をなかったことにするかのように、テーブルの上の教材へと向き合う。

――しかし、その後、勉強が全く捗(はかど)らなかったのは言うまでもない。

幕間。


まだドキドキする心臓を押さえて、私は自室に入る。

今日は予想外のハプニングに見舞われてしまった。

間近で見た来栖(くるす)君は昔の記憶よりも一回り大きくて、筋肉とかも付いていて、思わず頭が真っ白になってしまった。せっかく覚えた数学の公式も、ショックでいくつか飛んだかもしれない。

また覚え直さなきゃ、と面倒に思いながらも、どこかふわふわした気分だった。

なんだかんだ言いつつも、楽しい一日だった。

「はぁ……」

──胸が痛い。

今日は楽しい一日だったと、自分に言い聞かせるように総括した瞬間、その嘘(うそ)を咎(とが)めるように心に鋭い痛みが走った。

理由は、分かっている。

『馬鹿言うな。俺たちの関係で、今さらそんなことあるかよ。見た目が変わろうが中身が

『変わろうが、何も変わったりしねえよ』


それは優しい言葉だった。

彼なりの誠意が込められた言葉だった。

だけど——胸が痛い。

そう、何も変わらないのだ。

彼にとっては、私はずっと『災禍の悪夢（ナイトメアディザスター）』。

私がどれだけ藻掻（もが）いても、変わろうとしても、それは彼の目に留まらないのだろう。

何より、あの言葉を聞いた瞬間、ふとした疑惑が私の中を過（よ）ぎってしまった。

彼の指示の下、この選挙活動を通じて私は色々な経験をしている。

昔みたいに、人前で話すことができるようになった。

昔みたいに、人の作った服を着て写真を撮ってもらった。

昔みたいに、人に物を教えられる程度に成績も上がってきた。

——昔みたいに。

一つ一つは確かに必要で、自然なもの。

なのに、全体を俯瞰（ふかん）した時に、妙な作為を感じてしまうのだ。

だから、どうしても頭の隅に疑念が浮かんでしまう。

来栖君は、この選挙を通じて、私のことをメアに戻そうとしているのではないかと——。

四章

✦偶然と運命と特別と彼女。✦

凪に急ピッチで勉強を仕込み始めてから数日。

アイドル期間のブランクを埋めるため、中学の勉強から叩き直すことになったものの、その甲斐もあって凪の学力はなかなか安定してきた。

よって、今は宮原に勉強会の開催日時を調整してもらっている。

その間に俺は、もう一人の主役の下へやってきていた。

「失礼しまーす。陸奥先輩いますかー？」

上級生の教室に堂々と入る俺に、中にいた生徒たちの怪訝そうな視線が突き刺さった。

いくら人の出入りが多い昼休みとはいえ、普通だったら居心地が悪くなるところだろうが、メアと一緒に悪目立ちしてきた俺にとってはそよ風に等しい圧力である。

「あれ、来栖君？」

声の聞こえたほうを見れば、俺を発見した陸奥先輩がこちらに小走りで寄ってくるのが見えた。

「どうも、先輩。あなたを慕う可愛い後輩が昼食デートのお誘いに来ました」

キリッとした表情で誘ってみると、先輩は一瞬きょとんとした後、くすりと笑った。

「しょうがないなあ。そんなストレートに誘われたら断るのも悪いね。いいでしょう、エスコートしてもらおうかな」

　先輩が承諾すると、聞き耳を立てていたらしいクラスの男子がちょっとざわついた。

　どうやら陸奥先輩はクラスでも男子人気が高いらしい。気持ちは分かる。

「ここじゃ落ち着かないし、生徒会室で食べようか」

　先輩も周囲の耳目に気付いていたようで、鞄を持ってくると教室を出た。

　昼休みの喧噪に満ちた廊下を二人で進む。

　知り合いに会ったらちょっと面倒だと思って軽く周囲を見回していると、その視線に気付いたのか、先輩はからかうように俺の顔を覗き込んできた。

「それにしても、こんなところで浮気していいの？　奥さんが怒るんじゃない？」

「問題ないです。凪ちゃんは今頃必死になって俺が出した課題を解いてるはずなので。鬼の居ぬ間に洗濯ってやつですよ」

　しれっと言い放つ俺に、先輩も面白そうに笑ってみせた。

「悪い旦那さんだなあ。そういうことなら現地妻としてきちんと癒やしてあげましょう」

　話しているうちにちょうど生徒会室に着いたため、先輩は鍵を開けて俺を招いた。

「座って。お茶淹れるね」

「どうも」

俺が手近なところにあったパイプ椅子に座ると、先輩は備え付けの湯飲みに二人分の緑茶を淹れてから正面に座った。

「ところで、今日はどうしてわざわざ会いに来てくれたの？」

いただきます、と小さな声で言ってから、先輩はすぐに本題に入った。

「もちろん先輩と仲良くなりたいのが主な理由ですが、それ以外だと勉強会の日程が決まったのでご報告に」

俺も購買で買ってきたパンを食べながら、そう答えた。

「そっか、わざわざありがとうね。それでいつになったの？」

「次の月曜日の放課後になりました。とりあえずそこを第一回として、都合が合わなかった生徒たちのために何度かやろうかと」

だいたい予想していた内容通りだったのか、先輩は特に悩む様子もなく頷(うなず)いた。

「妥当なところだね。じゃあ第一回は必ず参加するよ。それ以降は希望する生徒数と応相談って感じかな？」

「そうですね。あとは凪の仕上がり具合でも変わりそうなので」

今頃頭を抱えて課題を解いている凪を想像しながらまとめると、先輩は楽しそうに表情を緩めた。

「ふふ、随分と十七夜(かなぎ)ちゃんに厳しいんだね」

「ええまあ。あいつはこれくらいのことは超えられる奴なので」

俺とて鬼ではないし、できないと思った奴に無茶振りなどはしない。

凪ならできると思っているからこそ、課題の山で押しつぶしているのである。

「いい信頼関係ね。ちょっと妬けちゃうわ。二人は昔からの仲なの？」

「そうですね。中学の頃からの友人です。ただ、あいつが引っ越したので、再会したのは
この学校に入ってしばらくしてからですけど」

「なるほど。だからこんなに頼りになる参謀なのに、最初から手伝ってなかったのね」

どこか納得した様子の先輩。かと思うと、眉根を寄せた。

「となると、もし十七夜ちゃんとの再会前に誘ってたら私の陣営に付いてた？」

「付いてたでしょうねえ。先輩、美人ですし。頼まれたら断れる自信はなかったです」

素直に心情を伝えると、先輩は深々と溜め息を吐いた。

「もったいないことしたなあ。来栖君は頼りになるし、先に味方にできてたら恋にでも発
展したかもしれないのに」

「今からでも十分遅くないですよ」

冗談めかして話す先輩に、俺も同じノリで返す。

「いいの？　スパイに使っちゃうよ？」

「構いませんとも。それで先輩の気が引けるならいくらでも情報を吐きましょう」

お互い軽口の口調なのに、少しずつ空気が張り詰めてくるのを感じた。

駆け引きが始まる寸前の緊張感。

「へえ？　じゃあお言葉に甘えて訊ねるけど、どうして十七夜ちゃんはわざわざ一年生に勉強会を開くことにしたの？　一年生はもう味方に付けてるでしょ？　釣った魚に餌を与える余裕なんてあるのかな？」

やはりそこをつついてきたか。旧校舎組の寝返りを知らない先輩の立場なら当然の疑問。

「そりゃあ、せっかく釣った魚に逃げられたら馬鹿馬鹿しいでしょう。残念ながら一年生と過ごした時間は俺たちもたった三ヵ月弱なんですよ。いつ先輩に寝返ってもおかしくない。ここでだめ押しの恩を売るのは必須です」

心の奥底まで探るような先輩の目を笑顔で躱しつつ、予め用意しておいた回答を伝える。

「ふうん……じゃあ、そんな地盤を固めたい状況なのに、どうして私のことをこの計画に参加させたのかな？　半分くらい票奪われるよ？」

これもまた事前に用意しておいた質問なのだろう。が、こちらも回答は持っている。

俺はしかめっ面を作ってから、不満げに肩を竦めた。

「ああ、それは単なる苦肉の策です。俺が知ってた頃の凪はね、結構頭よかったんですよ。だからそれを前提に計画を立ててたんですけど……再会したらすっかり駄目な子になってまして。それで万が一のための教師役を見つける必要があったんですよ」

「なるほど。ぬか喜びさせて反感を買うくらいなら、敵に塩を送ることになっても開催したほうがいいということね」

「ええ、そうなります」

無論、今言ったのは十割嘘である。

俺たちの票田は一年生じゃないし、先輩を誘ったのも旧校舎組の寝返りから目を逸らさせるための小細工だ。

「それにしたって、私をわざわざ選ぶ必要はなかったんじゃない？　もっと他にリスクのない相手はいくらでもいるはずだけど？」

最後に心の底から不思議そうに放たれた疑問に、俺は遠い目で答えた。

「………………それに関しては友達がいなくてですね。俺も凪もとっても狭い人間関係の中で生きていまして」

よりによって、ここだけ十割真実だった。

凪は言うまでもなく人見知りだし、俺も高校生活を怠惰に過ごしていたせいで親しい友人が宮原くらいしかいないという圧倒的に残念なリアル。

バチバチに駆け引きしている相手に、心の一番柔らかい部分を晒すとは。

「そ、そう。なんか悪いこと聞いたわね」

語る俺に相当の哀愁が漂っていたのか、先輩は本気で申し訳なさそうな顔をして目を伏せた。真実だからこそ、凄(すさ)まじい説得力が生まれてしまったのが辛(つら)い。

「コホン。そういうことなら分かったわ。私もしっかりお手伝いするからね」

先輩は空気を変えるように軽く咳払(せきばら)いして、そう話を切った。

なんか怪我(けが)の功名で納得させることができたらしい。問題なのはその怪我が致命傷なことなんだけど。

そんなことを話しているうちにお互い昼食を終わらせる。

用は終わったし、心の傷を癒やしたいし、ここはそろそろお暇(いとま)するべきか。

「そうだ。私もそっちの勉強会を手伝う代わりに、来栖君にも手伝ってもらいたいことがあるんだけど」

俺が立ち上がろうとすると、そのタイミングを見計らっていたかのように先輩がそんなことを切り出してきた。

「ええ、構いませんよ」

お互いに得があることとはいえ、形式上、俺たちは先輩に一つ借りを作っている。

それを返せるのなら、頼み事の一つや二つ軽いものだ。

「実は、生徒会室の片付けが終わってないのよね。本当は次の代への引き継ぎを済ませてないといけない時期なんだけど、色々と忙しくて。手伝ってくれると助かるな」

不手際を誤魔化すように照れ笑いする先輩。

それがなんだか可愛かったのもあり、俺は気合い十分で立ち上がった。

「任せてください。さくっと片付けてあげましょう」

「わ、頼もしい。一緒に頑張ろうね」

この先輩、なかなか人のモチベの上げ方を知っている。

おかげで雑用をするにもかかわらず、いい気分で作業に入れた。

資料をまとめ、施策の結果と反省点をマニュアル化し、不要になった備品を捨てる。

その中で分かったのは、この段階でまだ後片付けが終わっていないのは、決して先輩の怠慢ではないということ。

単純に、前生徒会がやってきた功績が大きすぎるのだ。

旧校舎の開放に加え、生徒間のトラブルの解決や、教師への直談判。

変えた校則は二十を超え、資料を見るだけでどれだけこの学校で生徒が息をしやすくなったのかが伝わってくる。

「……これ本当に全部一年間でやったんですか？　半端じゃないですね、前生徒会」

ここまで有能だと、驚きを通り越して軽く畏怖さえ覚える。

「ふふ、でしょ？　うちの兄さんはすごかったんだから」

兄の業績を褒められたのが嬉しかったのか、先輩は少し得意げな表情を浮かべた。

「この学校って歴史と伝統がすごいでしょ？　私が入学した頃は、そのせいで時代に合わない校則や風習がたくさんあったの。前生徒会は、それを一年で一掃したんだから」

「みたいですね。この学校の生徒会長は後に政財界で大成することが多いとは聞いていましたが、こういう傑物だらけなら納得です」

単に派手な政策を掲げているだけではない。

旧校舎を弱小部に開放した後は、幽霊部員による水増しを封じるために部活の掛け持ちを禁止したり、予算の私物化を防ぐために生徒会に会計監査のポジションを増やしたりと、施策が始まってからのトラブル封じも徹底的にやっている。まるで隙がない。

この会長の跡を継ぐというのは、相当なプレッシャーだ。

そう素直に感服する俺だったが、不意に先輩は表情を陰らせた。

「……まあ、そんな兄さんでもうまくいかないことはあったんだけどね」

思わず零れたというような小さな呟き。

「うまくいかないこと？」

訊ねると、先輩はすぐにいつもの笑顔に戻って、手に持った資料を掲げてみせた。

「そう。生徒会室の後片付けができなかったという手痛い失敗よ」

「あはは。なるほど、確かに。負の遺産をたっぷり置いていってくれましたね」

あまりにクリティカルな失敗に、二人して顔を見合わせて笑った。

それから俺たちは、偉大な実績と失敗を残した先輩方に敬意とちょっとした恨みを抱きつつ、作業を進めていった。

そうして、作業に区切りが付いたのは、昼休みが終わる寸前のことである。

「ふぅ……ここまで片付ければ、あとはなんとかなりそうかな。ありがとうね、来栖君」

額の汗を軽く拭いつつ、先輩は達成感に満ちた様子で生徒会室を見回した。

この学校では生徒会長はだいたい推薦で進学するため、二月の自由登校の時期に会長＋来年度も学校に在籍する役員で片付けをするのだが、前年度は運悪く会長が受験組な上、在校生は陸奥先輩しかいなかったようで、ここまで片付けが滞っていたのだという。

「いえいえ、お役に立ててよかったです。それに、ここを片付けないとあとで困るのは次の生徒会長である凪ですからね」

「お、言うねえ。まあ、そういう未来は訪れないから、来栖君はただ働きで終わるんだけどね？」

軽いジャブのような挑発の応酬。

一緒に作業を終えたからか、それはどこか友人のような気安いやりとりだった。

そんな距離感が出来たからだろうか。

「ねえ、忌憚（きたん）のない意見を聞いていい？」

不意に、先輩が少しだけ真面目な表情でそんなことを言ってきた。

「なんでしょう」

俺も少し居住まいを正し、その質問を受け入れた。

「君から見て、私と十七夜さん、どっちが生徒会長に相応しいと思う？」

言われて、考える。

陸奥先輩は生徒会長として優れた素質を持つ人だ。

先輩は兄のことをべた褒めしていたが、俺が見た資料には彼女が行った施策も確かに存在したし、それは控えめに言っても有用なものと思われた。

一方、凪に生徒会長の素質があるかというと——そうとは言えない。

彼女が生徒会長を目指すのは個人的な理由だし、俺を巻き込んだのもそのためだ。

どちらが優れた生徒会長か、そんなのは考えるまでもない。

「凪ですね」

しかし、俺はあっさりとそう答えた。

「理由は？」

やや硬い表情の先輩に、俺は最高の笑顔を浮かべてみせた。

「相応しくなるように俺が鍛えるので」

あいつは自分の都合のために全校生徒を振り回し、この優れた先輩を倒そうというのだ。

であるならば、甘えは許されないし許さない。勝者の義務として、凪には先輩以上に優れた生徒会長になってもらう。

「……なるほど。さすが名参謀ね」

苦笑と共に贈られたその言葉は、純粋な賞賛の言葉に感じられた。

だからだろう。少しだけ後ろ暗い気分になったのは。

「……そんなことないですよ。正直ね、俺には選挙の他にもう一つ大きな目的があるんです。俺は純粋に凪を勝たせるためだけじゃなく、その目的を叶えるためにも動いている。だから、名参謀とは呼べないでしょうね」

そのせいだろう、気付けば凪にも言っていないことを口にしていた。

『ねえ、来栖君はどうして私の選挙に協力してくれたの？』

凪にそう問われた時、俺は確かに素直な気持ちを吐露した。一つの嘘も吐かなかった。けど——全部は言わなかった。

黙っていた気持ちも、目的も、確かにある。

「へえ、その目的って？」

「秘密、です。人に言っても分からないし、俺だけのこだわりなので」

そう一線を引くと、先輩は食い下がることもなく一つ頷き、感情を読ませない静かな笑みを浮かべた。

「そう、残念ね。ならせめて、その目的が達成されることを願っておくわ」

「ありがとうございます。では、今日はここで失礼しますね」

俺は軽く一礼すると、生徒会室を出た。

昼休みの終了間際で、人のいなくなった廊下。

そこで俺は一つ溜め息を吐き、目を瞑(つぶ)った。

――瞼(まぶた)の裏に浮かぶのは、初めてメアと会った日の夕焼け。

凪にとってはもう終わったことで、忘れたいことで、黒歴史のまま封印したい日々なのだろう。

けど、俺にとってはそうじゃない。

「……こんな形じゃ終われないよな」

あの日始まった俺とメアの物語は、まだ完結していない。

どれだけ凪が黒歴史として終わらせようとしても、そんなの俺は認めない。

「凪にも、それを認めさせないと」

呟き、歩き出す。

たった一つ、凪とは共有できない目的(おもい)を抱えて。


そうして、あっという間に次の月曜日がやってきた。

「うぅ……なんか五十人くらいいない？　一クラス分以上じゃん」

勉強会の会場となる視聴覚室。

準備のために一足先に会場入りした俺たちだったが、人数分用意した課題プリントを見るなり、凪が怯んだように弱音を吐いた。

「一学年がだいたい三百人弱だから、六分の一だな。この人数を支持者にできればなかなか大きいぞ」

そう励ますも、凪の不安げな表情は解れない。

「でも半分は先輩が持ってく計算なんでしょ？　いや、半分で済むかな……カリスマ性の差を考えたら七割くらい持っていかれるかも」

どうやら、ある意味で陸奥先輩との直接対決になることが不安の原因らしい。

となれば話は簡単だ。頼りがいある参謀こと俺の力で解きほぐしてやろう。

「大丈夫だ。一対一ならまだしも、こっちは二人がかりだぞ？　最悪、女子は俺が口説き落とすから安心しろ！」

最高の笑顔で頼りになるアピールをする俺である。

凪はそんな俺を真顔で見てから、静かに目を伏せた。

「……九割持っていかれるかも」

「おい、なんで二割も天秤が傾いた」

非常に納得いかない判定である。

が、異議申し立てをする俺をスルーして、凪はお腹をさする。

「うぅ……胃が痛い。や、やっぱり今日中止にしない？」

「そうはいかんことはお前が一番分かってるだろ」

この期に及んで往生際の悪い現実逃避を始めた凪に、俺は呆れた目を向ける。

「そうなんだけどさあ……うぅ」

相変わらずの豆腐メンタルだが、まあ案ずるより産むが易しだ。生徒が来ればなんとかなるだろう、と思っていると、まるで計ったようなタイミングでドアが開いた。

「やっほー！　凪ちゃん、玲緒君！　みんなのこと連れてきたよー！」

参加者集めを手伝ってくれた宮原が、カルガモの親子のように生徒たちを引き連れて入室してきた。

「あ、紬。わざわざありがとうね」

知った顔が見えて少し落ち着いたのか、凪が穏やかな表情で礼を告げる。

「気にしないで。私はここからは参加できないし、これくらいはね？」

宮原は申し訳なさそうに眉根を寄せた。

「コンテストの衣装、行き詰まってるのか？」

少し心配になって訊ねると、宮原は楽しそうに首を横に振った。

「ううん、逆。今まで知らなかった知識とかテクニックをいっぱい教わったから、インスピレーション溢れちゃってね！　形にするのが大変なんだよ！　先輩たちもめっちゃ張り切ってるから！」

　全身から喜びオーラを出す宮原。どうやら嘘じゃなさそうだ。

「というわけで、これから追い込みかけてきますので！　お互い頑張ろうね！」

　宮原はビシッと敬礼をすると、勢いそのままに視聴覚室を出た。

「紬、調子よさそうだね」

　自分が紹介した講師がしっかり力になっているのが分かったからだろう、凪はどこか安心した様子だった。

「ああ。結果を残せるといいな……お互いに」

　ちらりと集まった生徒たちのほうを見ると、凪も改めて教師役を務めることを意識したのか、再び硬直してしまった。

「お待たせ。遅れちゃったかな？」

　と、そこで陸奥先輩が姿を現す。

「いえいえ。いい頃合いですよ」

　ちょっと申し訳なさそうな先輩の表情は年上にもかかわらず可愛らしく、俺は思わずほっこりした。

　きっと凪も同じようにほっこりしてリラックスできたに違いない。

「……来栖君って先輩と会うと露骨にテンション上がるよね。声に張りが出るっていうか」

が、そんな予想とは裏腹に、凪は冷たい目で非常に不本意な疑惑を俺に向けてきた。

「そんなわけあるか。いくら先輩がめちゃくちゃ魅力的で話が合って見た目もタイプだとしても、テンションなんか上がらねえよ」

「説得力ゼロだけど⁉」

そんな俺たちのやりとりを見て、先輩はくすりと笑う。

「ふふ。相変わらず仲がいいね、二人とも」

「お、お騒がせしました」

生温かい目で見守られているのが分かったのか、凪は頰を赤くして俯いた。

が、この雰囲気を変えたいと思ったのか、すぐに顔を上げると、咳払いをして生徒たちに声をかける。

「では、早速ですが勉強会を始めたいと思います。みなさんのために課題を用意したので、まずは解いてみてください。その結果に合わせて指導しますので」

凪の指示に従い、生徒たちが各々課題プリントを手に取って席に着く。

それを見て、俺は内心で安堵した。

狭い室内で、これほどの生徒に注目を浴びるのは人見知りでなくとも圧を感じるもの。

またトラウマを蘇らせてテンパるかと思ったが、なんとか乗り越えてくれたらしい。

これなら今日の勉強会は安心だろう。

凪のフォローをする必要がないとなると……俺が付くべきなのは先輩だろう。

先輩一人で教えると彼女だけの手柄になるが、俺がべったり張り付いていれば両陣営の手柄になるからね。

少しでも先輩の支持者が増えるのを阻止するためにも、こっちに付いたほうがいい。

「じゃあテスト結果によっていくつかのグループに分かれてもらいます。分からないところがあったら私たちが教えるので、遠慮なく頼ってください」

俺が今後の戦略を考えている間にテストが終わったらしく、凪がグループ分けまで行っていた。

その間に、俺は先輩の側に寄る。

「先輩。いきなり見ず知らずの後輩相手に教えるのは辛いでしょ。俺が一緒に行動しましょうか」

いかにも親切な後輩というような爽やかスマイルでそう提案する。

これなら先輩も思わず心を許してしまうだろう。

「あはは、胡散臭い営業みたいな笑顔だねえ。目が笑ってない」

が、先輩は俺の笑顔にとても不本意な評価を下した。

「でもまあ、せっかく言ってくれてるんだし、お手伝いしてもらうかな？」

いきなり失敗かと思ったのも束の間、何を思ったのか先輩は胡散臭い営業みたいな男の提案にOKを出してくれた。

「ええ、一生懸命アシスタントをさせてもらいますとも」

意外な結果に何か企んでるのかと身構えるも、自分から言い出したことを引っ込めるわけにもいかず、そう返すだけに留めた。

そうして先輩の下に向かおうとした時である。

きゅっ、と背後から服の裾を捕まれた。

振り返ると、そこにいたのは不機嫌そうに頬を膨らませた凪。

「……先輩のところに行くつもりなんだ。私、人見知りなんだけどなー？　一人だとまたフリーズするかもしれないのに」

「いやほら、うまくできてたし、大丈夫かなって」

どこか拗ねたような口調で咎めてくる凪に、俺は妙に後ろめたい気持ちで弁明した。

が、その言い分が気に食わなかったのか、彼女はじとっとした目を向けてくる。

「……私が大丈夫だったら先輩のとこに行くんだ。ふーん、まあそうだよね。来栖君、私より先輩のほうが好みだもんね。そりゃあ仕事上問題なかったら、すぐ先輩のところに行きたくなるよね」

「べ、別にそういうわけではないんですけども」

なんだろう、釈明する度にどんどん後ろめたさが増していく。

仕方ない、ここは予定変更して凪に付き添おう。

「分かった。じゃあ今日は凪のサポートに回るよ」

そう歩み寄ったのだが、凪の不満は収まらなかったようで、ふいっとそっぽを向いてしまった。

「……いいよ、別に。そんな無理して私に付き添わなくても」

「無理してないです。凪ちゃんが大好きなので少しでも一緒にいたいんです」

ストレートに告げると、そっぽを向いたまま凪の耳が真っ赤に染まった。

「うぐ……あ、相変わらずよくそんなこと平気で言えるね」

お？　なんかちょっと効果あったっぽいぞ。この路線で攻めてみるか。

「そりゃもう。いくらでも言えるしどこででも言えるぞ。またいつかみたいに大声で告白することすら俺には可能だ。今ここで証明しようか？」

脅しにも等しい宣言をすると、さすがに凪は目を剝いた。

「ちょ、こんなところでそんなことされたら勉強どころじゃなくなるから！」

「よし、じゃあ大人しく俺の同行を許可するな？」

「わ、分かったから！　その代わり、変なこと言うのやめてよ？」

「ああ、分かってるとも」

ようやく凪が折れてくれたことに安堵した俺は、先輩のほうを向く。

「すみませーん、先輩。やっぱり凪が特大の焼き餅焼いたので俺こっちに行きますねー」

「何も分かってないじゃん！　来栖君のばか！」

首まで赤くなった凪は、周囲の注目を集めていることに気付いたのか、小動物みたいな可愛らしい仕草で俺の背後に隠れてしまった。

凪の新しい魅力を群衆に伝えられたので、これはこれでよしとしよう。


開始前にそんなトラブルがありつつも、一度勉強が始まってしまえばみんな高い集中力で勉強に臨んでくれた。

本人たちのモチベが高いのはもちろん、やはり上級生が一人交じっているというのがいい緊張感を生んでくれたらしい。

最終下校時刻の十分前まで続いた第一回の勉強会は、無事成功と言える形で終了した。

「いやー、無事に終わってくれたね。お疲れ様、二人とも」

誰もいなくなった視聴覚室を出るなり、先輩はぐっと伸びをした。

「ええ、お疲れ様です」

疲労を滲(にじ)ませながらも、どこか達成感に満ちた様子で応じる凪。

「先輩。今日はお手伝いいただき、ありがとうございました」

俺もそう労うと、先輩はにこっと笑った。

「いいよ、可愛い後輩の頼みだもの」

最終下校五分前のチャイムが鳴る。

それを聞いて、凪が「あ」と声を上げた。

「私、視聴覚室の鍵を職員室に返してこなきゃ。ちょっと行ってくるね」

「おう。正門で待ってる」

小走りで去っていく凪を見送り、俺と先輩は二人きりになった。

残された俺と先輩は二人で廊下を進みながら、今日の勉強会についての感想を語り合う。

「とりあえず課題テストは毎回やったほうがいいかな。成長具合が分かるだろうし」

「ですね。あと今回は集中力が高いまま勉強できてましたけど、慣れてくると緊張感が緩む可能性があるんで、その対策ですか」

「それと成績に不安がなくなった子には教師役に回ってもらって――」

次回に活かすべく、今日の勉強会の反省会をする俺たち。

そんな話をしながら昇降口についたあたりで、先輩は不意に笑みを零した。

「先輩？　どうかしましたか」

何か面白いことでもあっただろうかと眉根を寄せる俺に、先輩は静かに首を横に振った。

「ううん。なんかこういうの久しぶりだなって思って。生徒会の解散前は毎日こういう話し合いをしてたからさ」

懐かしむように笑う先輩。

「きっと来栖君があの人たちに負けず劣らず優秀だからだね」

「買いかぶりですよ。俺なんか失敗だらけの男なので」

今日だって凪への配慮をミスって拗ねられたし、被服部の時も最後にひっくり返されそうになった。

反省する毎日である。

「……前の生徒会だって、失敗しなかったわけじゃないんだよ。むしろ、すごく大きい失敗をしてね」

先輩は、どこか沈んだ口調で呟いた。

「意外ですね。参考までに、どんな失敗か聞いても？」

もしかしたら、凪が会長になった後に同じ壁にぶつかるかもしれない。

そう思った俺が訊ねると、先輩は静かなトーンのまま頷いた。

「うん。この学校ね、去年結構酷いいじめがあったんだよ。いじめられてた生徒は私物とかも捨てられちゃっててさ、教科書もノートもないまま授業に出たりしてた」

張り詰めた声で、学校の暗部について語る先輩。

「当然、生徒会はそれに介入した。捨てられた私物は生徒会の予算で弁償したし、その子を守るために生徒会に入れたりもした。けど……」

「うまくいかなかった？」

言いよどむ先輩の後を継ぐと、彼女は頷いた。

「うちって一応名門でしょ？　だから、いわゆる名家って呼ばれてる家の子供が入学してくることもあるんだ。加害者側の生徒がその手の子でね。生徒会が役員のために予算を私物化してるって言いがかりをつけてきたの」

「……なんていうか、クソ野郎ってどこにでもいるもんですね」

聞いてるだけで胸くそ悪くなった俺が吐き捨てると、先輩も苦笑を浮かべた。

「本当にね。当然、兄さん……会長は抗った。けど、学校としてはいじめのスキャンダルなんて大事にしたくないし、保守的な教師は去年の生徒会に反感を持ってた。だから生徒会の私物化ってことで決着をつける方向に流れてね」

「その流れに、抗わなかったんですか？」

「抗ったよ。みんな全力で抗った。けど……いじめられてた子が、これ以上迷惑をかけられないって転校しちゃったんだ」

寂しそうに、先輩はそう呟いた。

「兄さんも、他のみんなも、最後はそれを引き留めなかった……私のせいで」

「うん。当時の生徒会役員は、私を除いて全員三年生だった。この問題を長引かせると、自分たちが卒業した後に一人残った私が、孤立無援で教師と戦わなきゃいけなくなる。だから、みんな私のために妥協したの」

口調は穏やかなのに、拳は血が出そうなほど強く握りしめられている。

ずっとふわふわした雰囲気で、本心の見えてこなかった先輩の、あまりにも強い感情。

「……まあ、みんなの心配も虚しく、私は問答無用で抗ったんだけどね。最終的にはみんなも協力してくれて、ちゃんと学校と加害者に問題を認めさせせたんだから」

武勇伝でも語るように、明るい口調でその結末を教えてくれる先輩。

だが、それが武勇伝でもなんでもなく、ただの失敗談であることが俺には痛いほど伝わってきた。

「……後の祭り、だったけどね。転校した生徒は戻ってこなかったし、兄さんたちが私のために生徒を一人見殺しにしたって事実は消えないから。虚しい勝利ってああいうことを言うんだろうなあ」

完璧で、きっと彼女にとって誇りだった生徒会に付いた唯一にして最大の傷。

それが自分を庇うために出来た致命傷なのだと思えば、耐えきれるはずもないだろう。

「……だから、今回の選挙に出馬したんですか？」

「先輩のせい……？」

「うん。兄さんがやりたかった生徒会、今度こそ私が叶えたいんだ。そうじゃないと、ずっと虚しいままだから」

普通だったら、その傷に耐えきれずに生徒会を遠ざけてもおかしくない。

だが、きっと彼女は正面から戦うことを選んだのだろう。

傷も妥協も受け入れて、その上で今度こそ理想に辿り着くのだと。

「立派な心構えだと思います」

この人は本当に尊敬に値する先輩だ。

今日はこうして、この人の本心が聞けてよかった。

――たとえ、それがこの人の駆け引きなのだとしても。

「ねえ来栖君。私と取引しない？」

二人の間に出来た僅かな静寂を、先輩が強い意志の籠もった声で切り裂いた。

「取引とは？」

先輩が言いたいことを半ば分かっていながらも、俺はそう問い返す。

「前に言ってたでしょ。来栖君には十七夜ちゃんを勝たせること以外にも、来栖君だけの目的があるって」

「……確かにそんなことも言いましたね」

「それを私が手伝う。その代わり、君にはこの選挙で私についてほしい」

きっと先輩は、俺の引き抜きのために勉強会に参加してくれたのだろう。

俺たちが自分たちの票田を隠すために先輩を誘ったように、彼女も俺の引き抜きという目的を隠すために一年生の票を取りに行っている振りをしていた。

正直、悪くない取引だ。

凪の目的はあくまでOBと事務所を繋げること。

陸奥先輩が代わりにそうしてくれれば、凪が負けても問題ないし——なんなら目立ちたくない凪としては、そっちのほうがいいかもしれない。

きっと、ここで受ければ全てが上手くいく。

そう考えてから、俺は少しだけ目を閉じて、昔を振り返った。


あれは中学一年生の夏休みのこと。

転勤族だった父親のせいで何度も転校を繰り返してきた俺は、長期休暇を利用して昔住んでいた町を訪れることにしていた。

懐かしい場所を見て回ったり、懐かしい友人を訪ねたり、今から楽しみで仕方ない。

——そんなことを考えていた日の夕方。俺はたった一人沈んだ気分で公園のブランコに座っていた。

ゆっくりと暗くなっていく夕日は酷く不気味に見えて、そのまま自分が夜の闇に飲み込まれてしまうんじゃないかと思ったのを覚えている。

そんな時だった。

「そこのお主、何をしておる」

珍妙な口調で話しかけてきた少女と出会ったのは。

目を引くようなゴスロリの衣装。不自然さを感じる銀色の髪とオッドアイ。

全体的に作り物めいた雰囲気が漂っていて——でもだからこそ、その目の輝きと全身から溢れるオーラは本物なのだと、鮮烈なまでに物語っていた。

「……別に、何も。昔の友達に会いに行ったんだけど、上手くいかなかっただけ」

その少女の持つ輝きに気圧(けお)されたせいか、俺は自分でもよく分からないままそんな愚痴みたいなことを零していた。

「む。喧嘩(けんか)でもしたか？」

ぶっ飛んだ見た目の割に親身なのか、小首を傾(かし)げて話を聞こうとしてくる少女。

そんな彼女に妙なおかしさを感じながら、俺は小さく自嘲の笑みを浮かべた。

「いや、喧嘩にもならなかったよ」

もう取り繕うのも馬鹿らしくなって、俺は心の内を思う存分吐き出すことにした。

「一番仲が良かった奴なんだけどさ……ほとんど俺のこと覚えてなくてな。すげえ他人行儀に扱われたよ」

浮かれていてよく考えてなかったけど、少し頭を使えばすぐに分かったこと。

俺は転校ばかりしていて、あの土地にいたのはほんの一年かそれくらい。

その中で築いた絆など、そいつの他の友達に比べれば浅いものだったのだと。

「俺にとってあいつは一番の友達だったけど、あいつにとって俺は何人もいる友達の一人だったってことだ。残念なことにね」

「ふむ。まあ誰も悪くないすれ違いだな。なに、他人の目なんて気にするな。お主にとって大事な思い出であるなら、他の者の意見など関係ないだろう。かくいう妾も他人に白い目で見られることが多いが、全く気にしておらんからな！　ふははは！」

恥じるどころか誇るように高笑いする少女。

「そりゃまあすげえ説得力だが、生憎俺はそこまで割り切れるほど自分の世界観で生きてねえんだよ。俺にとってあの思い出が大事なものだったのは、あいつも一緒に大事にしてくれていると思ってたからだ」

それに、と俺は空を仰ぎながら言葉を続けた。

「俺、転校ばっかしてたからさ。他の土地でもそうだったんだろうなって気付いちゃったのが致命的でな。毎度毎度新しい環境に馴染むために必死で頑張って、仲のいい友達作って……だけどきっと、そいつらの中には俺の存在なんて何も残ってないんだろうなと思ったら……怖くなった」

たとえば今日、俺がここであっさり死んだとしても、明日からもそいつらの日常は何も変わらず回る。

一ヵ月もすれば、今いる場所で出来た友人たちも日常に戻るだろう。

それが怖い。まるで自分の存在が無価値だと言われているようで。

きっとそれは生まれてから今までずっとそこにあった事実。だけど、今回の件で俺は初めてそれを直視してしまった。

今思えば、それはいわゆる思春期によくある不安で、中二病の一種で、大人になるうちに誰もが折り合いをつけていくものなのだろう。

だけど、当時の俺には世界に底なしの穴が開いた気分になるような事実だった。

「ほう？　ならば誰もが忘れられないような存在でも目指してみるか？」

何故か少女はわくわくしたような顔でそんなことを言ってのけた。

「目指さねえよ。そんなたいした能力が自分に眠ってるとも思わないし……何より別に目立ちたいわけじゃないしな」

会話を続けていくうちに、ぼんやりと自分の中にあった希望の形が見えてくる。

「……そう、別に有名になりたいわけじゃないし、人より優れていることを証明したいわけでもない。ただ、俺は自分がいないと成立しないものが欲しいんだ」

俺がいなくなったら成立しなくなる何か。

俺を代わりの利かない存在にしてくれる何か。

俺を、特別にしてくれる何か。

「なんだ、それならちょうどいい話があるぞ？　うむ、渡りに船というやつだ」

少女はニヤリと笑うと、どこからともなくデジカメを取り出した。

「今ちょうどカメラマンを募集していてな。お主の手で妾を撮ってみぬか？」

唐突な誘いに、俺は呆れ顔を作った。

「……お前、そのために俺に声をかけてきたのか？」

「うむ！　妾の写真を撮れるなど栄誉なことだぞ？　十分特別な人間と言えよう！」

自分の言葉に一点の曇りもないように胸を張る少女。

一瞬、そんな彼女の言葉に騙されそうになったが、俺はすぐに我に返った。

「何が特別だ。偶然、俺が近くにいたから声かけただけだろ」

そう反論するも、少女は俺の言葉を否定することなく頷いた。

「そうだな、偶然だ。正直、誰でもよかった」

「なら」

「でも、他の誰でもよかった中で、他の誰でもないお主が選ばれたのだ。ならこれは運命というものだぞ！」

「……無茶苦茶な理屈だな」

顔をしかめてそう否定する俺だったが、何故か心は不思議と揺れていた。

不安で、混乱してて、だけど何かを期待するような心臓の鼓動が体内に響き渡る。

「なに、偶然だと切り捨ててしまえば本当に偶然で終わるが、運命だと思って行動してみれば本当に運命になるかもしれん。お主は、どちらを選ぶ？」

そう言って、少女は俺に手を差し伸べてきた。

こんな怪しい女と関わり合いになるなんてやめておけ。

新手の詐欺か美人局(つつもたせ)なんじゃないか。

そんな常識が俺の脳裏を過(よ)ぎるが、それを蹴飛ばすように心臓の鼓動が響いて、半ば無意識のうちに少女の手を握り返していた。

「……まあいいさ。くだらない愚痴を聞いてもらった礼はしなきゃいけないしな。少しくらいは付き合おう」

自分に言い訳をするようにそんな建前を口にしながらも、俺は高揚感に包まれていた。

何かを、恐らくは運命を自分で選んだという感覚があったからだ。

楽しいことも、辛いことも、これから起きることは全て俺が今この選択をしたからこそ生まれているもの。

「うむ！　ならばお主はこれより妾の盟友だ！」

黄金の夕日に照らされて、少女は笑う。

それは本当に絵になるもので、すぐにでも写真に収めたいもので——俺が選んだ道で、初めて手に入れた特別なものだった。

それが、俺と『災禍の悪夢（ナイトメアディザスター）』と名乗る少女の始まり。

あの時手に入れた『特別』は、今もまだ俺の胸にある。

だから——。

「——お断りします」

追憶から覚めると同時、俺の口は無意識にそんな言葉を紡いでいた。

静寂。

先輩は息を呑（の）むように間を空けてから、口を開いた。

「……理由を聞いていい？」

「勝つにしても負けるにしても、凪には最後まで全力で戦ってほしいんですよ」

自分の内心を晒し、俺を必要だと言ってくれた先輩に対して、俺もせめてもの誠意として本心を話すことにした。

「凪はね、先輩が思ってるよりずっとすごい奴なんです。多分、本気になったら俺なんかがいなくたって先輩に勝てるくらいに。でも、あいつはそんなすごい自分を自分で封じてしまっている」

俺は、それが歯がゆくて仕方ない。

メアはいつだって自分のことを世界の中心だと思っていて、自分のために周りを巻き込むはた迷惑な奴だった。

けど、そういう時のあいつは、いつの間にか周りも楽しませて、輝かせてくれる。

そんなあいつに俺は惹かれて、憧れた。

そんなあいつを特等席で見るのが俺の『特別』だった。

今はもう、なくなってしまった席だけど。

「俺ね、先輩が敵でよかったと思ってるんです。こんな強敵だったら、俺も凪も全力で戦えるから」

そうやってメアだった頃みたいになりふり構わず戦って、この強い先輩に勝つことができたら。

凪も、メアのやり方をもう一度認めてくれるかもしれない。

俺の、俺だけの目的。

それを叶えるために、先輩には敵でいてもらわなければ。

「……そっか。フラれちゃったね」

陸奥先輩は寂しそうに呟いてから、静かに笑みを浮かべた。

「まったく。十七夜ちゃんのほうが来栖君に頼り切りかと思ったら、実は来栖君のほうが十七夜ちゃんにべったりとはね。当てが外れたよ、これじゃ付け入る隙がない」

どこかからかうように呟かれた言葉に、俺は渋面を浮かべてしまう。

「……まあ仕事とプライベートは別なので。恋愛的な意味でアプローチしてくれるなら、いつでも受けるとだけ言っておきましょう」

「あはは。悪いけど、私のほうはそこまで割り切れないからね。敵同士ということで」

「む……フラれた」

地味にショックを受ける俺の肩に、先輩はぽんと手を置いた。

「お、これでフラれた者同士だね。傷の舐め合いでもしますか？」

「フッた者同士でもあるので微妙な気分ですね」

苦笑を浮かべる俺に、先輩もさっきまでの話がなかったかのように気さくな態度で応じてくれる。

それからしばらくして、凪が戻ってくる頃にはもう何の緊張感もない友人同士のような和やかな雰囲気だけが残った。

――とても、互いに全面戦争の覚悟を決めたとは思えないほどに。

五章 ✦疑念と自覚と。✦

最初の勉強会が開催されてから十日。

この間に三回の勉強会をつつがなく終え、俺たちにも少し余裕が出てきた。

こうなると、次の動きについても考えたくなるのが自然な流れというものだ。

「……というわけで、勉強会に手をかけるのは一区切りにして、そろそろ最終演説の内容について打ち合わせしよう」

昼休みの空き教室。

凪(なぎ)と二人で昼食を摂(と)っていた俺は、今後の動きについてそう提案した。

「凪からは何かあるか？」

「…………………」

訊(たず)ねるも、凪は反応せずにぼんやりと虚空を見つめていた。

弁当にもほとんど手を付けておらず、心ここにあらずという感じである。

「おーい、凪ちゃん？」

ひらひらと彼女の目の前で手を振ると、そこでようやく我に返ったようで、弾(はじ)かれたようにこっちを見た。

「え、あ、ごめん。聞いてなかった。えと、何の話だっけ？」

「だから、最終演説の内容について話し合おうって」

「あ、うん。そうだね。いいと思う」

気のない追従に、俺はちょっと心配になる。

「どうした、凪。疲れてるのか？」

思えば、第一回の勉強会の後から、凪は時々こんな感じになっていた。

やはり人見知りの彼女に教師役をさせたのが無茶だったのか。

「ううん、大丈夫！　選挙が近くなってきたと思ったら緊張しちゃって！」

少し休ませるべきか、と考える俺に、凪は笑顔を作って元気をアピールしてきた。

ちょっと疑わしい部分はあるが、ここが正念場なのだ。

下手に甘い顔をしても最後に痛い目を見るのは凪だし、ここは頑張ってもらおう。

「なら話を進めるけど……それで、最終演説の内容は凪が考えるか？」

最終演説とは、投票日当日、投票の直前に全校生徒の前で行われる演説だ。

演説を行うのは立候補者か、その推薦者かなのだが、まあ基本的には立候補者が行うことになるだろう。

「ううん。私、文才とかないし、来栖君に任せるよ」

そう謙遜する凪に、俺は小首を傾げる。

「そうか？　確か自分で作詞した曲がいくつもあっただろ。超個性的な歌詞だって話題になってたし、お前が書いてもいけるんじゃないか？」

「やめて！　ルビだらけの超中二ワードを大量に使ったあの地獄ポエムを文才とか呼ばないで！」

胸を押さえて苦しみ始める凪。

うん、俺が書かないと完成しないまま締め切りを迎えそうだな。

「分かった。ならやっぱり俺が書こう」

「うぅ……なんであんな奇抜なルビ付けられるか選手権をやってたかなあ」

トラウマに心を埋め尽くされた凪は、俺の返事など聞いていなかった。

仕方ない。ちょっと話題を変えよう。

「あ、そうだ。赤点ラインの生徒もいなくなってきたし、勉強会のほうも順当に進めば次回で多分最後になるぞ」

そう告げると、ようやく意識が現実に戻ってきた凪が、ほっとしたように胸をなで下ろした。

「そっか。教師役なんてどうなるかと思ったけど、無事に終われそうでよかったよ」

実際、人見知りなのに凪はよく頑張った。

毎度毎度、始まる前は胃のあたりを擦（さす）っていたが、それでも始まると多くの生徒に一生懸命教えていたのは、非常に好感度を上げただろう。

「というわけで、次の勉強会が終わったらカラオケで打ち上げをやろうと思う」

そう告げると、凪は少し不安そうな顔をした。

「……まだ選挙が残ってるのに、そんなふうに遊んでていいのかな？」

まあ言いたいことは分かる。

が、俺としてもただ遊びたいからと提案しているわけではない。

「おう。打ち上げって言っても、これも票稼ぎだからな。陸奥先輩寄りになった奴らを、この打ち上げでこっちに引き戻す」

陸奥先輩に勉強を教わり、凪との接点が少なかった奴らを重点的にフォローして、まあ半分でもこっち側に引き寄せられれば御の字だ。

「それは分かったけど……カラオケかあ」

露骨に難色を示す凪。

まあ完全にトラウマポイントを直撃するスポットだからな。この反応は予想できた。

「仕方ないだろ。他にみんなで騒げて予算も手頃な場所はないし。下手に公共スペースで大騒ぎして、他の客から学校に苦情でも行ったら一巻の終わりだぞ」

「う……それは確かに」

凪も引きつった顔で頷いた。

ただでさえ勉強苦手な奴らがこの十日間、課題も含めて必死に勉強してきたのだ。

そのフラストレーションから解放されるときの爆発力を考えると、第三者に迷惑のかからない個室という条件は外せない。

「け、けど、勉強会の打ち上げって名目なら陸奥先輩だって当然呼ぶ必要があるでしょ？それなら結局、支持率は変わらないんじゃない？」

とはいえ、やはりカラオケは嫌なのか、今度は遠回しに打ち上げの開催そのものに疑問を呈してきた。

が、俺はこれについても既に対策済みである。

「問題ない。何故(なぜ)なら俺は既に『勉強会が終わった日にデートしましょう』って陸奥先輩のことを誘ってるからね！　そして『残念だけど予定がもう埋まってる』って断られてる。いくらなんでも、この状態で俺がいる打ち上げに来ることはできないだろ」

ドヤ顔で作戦成功を告げる俺だったが、凪は褒めるどころか妙に渋い顔をした。

「……それ、先輩がデートＯＫしてくれたらどうするつもりだったの？」

「その時は俺が嬉(うれ)しいから作戦失敗でも問題ない」

「大ありだよ！」

作戦成功したのに、何故か評価が下がる俺であった。

昼休みのチャイムが終わると同時に来栖君と別れて、掃除の時間に入った。

「はぁ……」

廊下を掃除中、今日何度目になるか分からない溜め息を吐きながら、また同じ出来事を振り返る。

――聞いてしまったのだ、私は。

最初の勉強会の後、視聴覚室の鍵を職員室に返しに行った時のこと。

その間、来栖君と陸奥先輩は二人きりで過ごしているのだと思うと、とても落ち着かなくて、なんだか胸がもやもやして。

急いで鍵を返して、誰もいない廊下を息が弾む速度で走って――昇降口の前に辿り着いた時、聞こえてしまったのだ。

『前に言ってたでしょ。来栖君には十七夜ちゃんを勝たせること以外にも、来栖君だけの目的があるって』

『……確かにそんなことも言いましたね』

――目眩がした。

弾んでいた呼吸が止まり、熱くなっていた身体（からだ）が一気に冷える。

どういうこと？　私のために手伝ってくれてたんじゃないの？　目的って何？　どうして私に教えてくれなかったの？　なんで陸奥先輩には教えてるの？

決壊したダムみたいな勢いで頭の中に疑問が溢（あふ）れる。

激しい混乱の中、前から感じていた一つの可能性だけが存在感を増した。

——私をメアに戻そうとしているのではないか。

そんな考えが脳裏を過（よ）ぎった途端、疑問が解けて一つの答えに収束していく。

選挙に負けたら、私は問答無用でメアに戻らないといけない。

そうすれば、来栖君は目的を果たせる。

一方、選挙に勝ったとしても私はメアに戻っていくのだろう。

選挙で勝つための努力をする度に、私はどんどんメアに近づいていっているのだから。

来栖君がそう仕向ける限り。

「…………ううん。考えすぎだね」

頭を振って、過ぎった疑惑を脳内から消した。

来栖君が陸奥先輩と複雑な駆け引きをしているのは知っているし、あの台詞（せりふ）もその一環という可能性もある。

それに、仮にこの疑惑が事実だとしても——私には今さら来栖君を手放すという選択肢もない。

「……大丈夫。私は戻らない」

来栖君は遠回しに陰謀を働くことはあっても、無理強いをしてくることはないだろう。

私自身が強い意志を持って拒絶すれば、それで終わり。

……………ただ。

——もしも来栖君にまでメアのほうがいいと思われていたのなら、私がメアに戻らないことは、本当に正しいのだろうか？

その疑問だけが、心の底に棲み着いたのだった。


それから四日後。

最後の勉強会も無事に終わり、来栖君の発案通りカラオケで打ち上げが行われることになった。

「え、えと、勉強会お疲れ様でした。次のテストは全員補習なしで切り抜けましょう。乾杯」

「「「かんぱーい！」」」

無理やり取らされた私の音頭の下、大部屋のカラオケルームに入った二十人の同級生が各々騒ぎ始める。

　ほっと一息吐いていると、隣に座った紬が話しかけてきた。

「お疲れ、凪ちゃん。今まであんまり手伝えなくてごめんね？」

　紬は第二回の勉強会からはほぼノータッチとなっていた。

　そのためか、申し訳なさそうな顔をしている。

「ううん。一番大変なところは手伝ってもらってたし、十分助かったよ。ありがとうね」

　コンテストの準備で忙しいのは分かっているし、何よりこの打ち上げの幹事をしてくれただけで非常にありがたい。

「どういたしまして。とりあえずコンテストの準備も終わったし、これからはもっと手伝えるからね。何かあったらどーんと頼ってください」

「うん。心強いよ」

　自信ありげに胸を張る紬に、本心で感謝する。

「まあ、玲緒君がいるから大丈夫だとは思うけどね？」

　紬の言葉からは来栖君への強い信頼が感じられ、彼に疑念を持っている私は妙に後ろ暗くなった。

「そうだね……」

　濁すように頷いた私に、紬は小首を傾げたものの、特に気にした様子もなく来栖君がいるテーブルを見た。

「お前ら飲むの早すぎだろ、スポンジかよ。つーかおかわりくらい自分で取りに行け」

「いいだろ来栖、戦いを終えた俺たちを労ってくれよー。俺、コーラで」

「頼むよー。もう一歩も動きたくない。俺、オレンジジュースで」

　来栖君は勉強会に参加した男子に絡まれているようだった。

「いや準備してた俺のほうが疲れて……まあいいか。しょうがねえなあ」

　来栖君は溜め息を吐くと、疲れ果てた男子の代わりにドリンクバーに向かおうとしてるらしい。

「あ、私はミルクティーでー」

「私はメロンソーダ」

「ついでにソフトクリームもおねがーい」

　と、立ち上がった来栖君を目敏く見つけた女子からも注文が飛んだ。

「あはは、仕方ないなあ。玲緒君、手伝うよ」

　渋面を浮かべる来栖君を見るなり、紬がひらひらと手を振って近寄っていく。

「助かる。どうやらお前だけは人の心を失ってなかったようだな」

「あはは。それはもう、人望のない可哀想な玲緒君に付き合ってあげる人格者なので？」

「……やっぱりお前も人の心を失っていたようだな」

軽いやりとりをしながら、二人がカラオケルームを出ていく。

それをなんとはなしに眺めていると、不意にさっき来栖君に注文をした女子たちが接近してきた。

「ねえねえ委員長、ちょっと聞きたいことあるんだけど」

「な、なに？」

さらさらの金髪に垢抜(あかぬ)けたメイク、ラフに着崩した制服。

見るからに陽キャなギャルという容貌の飯島(いいじま)さんに接近され、私は途端に緊張した。

「来栖君と紬ちゃんって付き合ってるのかな？」

「……はい？」

が、予想外の質問をされて、すぐに緊張は吹き飛んでいった。

付き合ってる？　あの二人が？

「いや、なんか最近、来栖君が旧校舎で紬ちゃんのことめちゃくちゃ口説いたって噂(うわさ)を聞いちゃって」

旧校舎……口説く……ああ、なるほど。

あの被服部の顚末(てんまつ)が外に流れた結果、変な噂になってしまったらしい。

噂の正体が分かり、私は露骨にほっと胸をなで下ろす。

「あの、それは——」

「そもそも、入学した時から来栖君と紬ちゃん、いつも一緒にいたし」

「…………」

「マイペースな来栖君と世話焼きな紬ちゃんでピッタリ合うし」

「…………」

「逆に紬ちゃんがハイテンションで暴走した時は来栖君が手綱握ってくれるし」

「…………」

「今も二人で仲むつまじく委員長の選挙手伝ってるんでしょ？　実際、どうなの？」

……知らなかった。そんなふうに言われてたなんて。

紬はともかく、正体がバレる前は来栖君に関わることを避けてたため、そういう噂は私の耳に入ってこなかったのだろう。

そもそも、私自身が人見知りの上に選挙のことで一杯一杯だったせいで、いまだに紬や飯島さんみたいなコミュ強女子以外と話せてないのが実情だし。

けど、よく考えてみれば確かにお似合いといえばお似合いなのだ。

被服部のエースとして服を作って、自分で着ることも好きな紬。

それを撮ったり、似合う服やロケ地を提案したりするのを得意とする来栖君。

相性が悪いわけがない。

こうして俯瞰（ふかん）で見ると分かる。あの二人は、かつての『災禍の悪夢（ナイトメアディザスター）』とその盟友の関係に近い。いや近くなれる。

今の私みたいなつまんない女に愛想を尽かして、紬と昔みたいなことを――。

「…………………っ」

なんか、それは嫌だった。

もう過去のことだし、それは私が捨てた場所なんだってことは分かっている。

でも、来栖君が他の誰かをメアの代わりにするなんて、想像もしたくない。

「おーい、委員長？」

呼びかけられて、我に返る。

「あ……ごめん、なんかそういう二人の恋愛関係の話って聞いたことなかったから、びっくりしちゃって」

「そっかあ。まあ委員長は真面目だもんね。そういう話はしないか」

ぎこちなくならないよう必死に作った笑顔で応えると、飯島さんはそれ以上追及することもなく、私たちは話を終えた。

「……ちょっとトイレ行ってくる」

なんとなく頭を冷やしたくて、私は席を立つ。

廊下に出ると、ひんやりとした空気が私の頭を冷やしてくれた。

「……何やってるんだろ」

我ながら不安定になっているなあ、と呆れて溜め息を吐く。

メアをやっていた頃は、人の言動で心が揺らぐことなんて滅多になかった。

こんなふうに小さいことで悩んでいる今の自分は、情けなくなったというべきか、人間らしくなったというべきか。

そんなことを考えながら歩いていると、不意に声が聞こえてきた。

「……で、今はこんな感じ」

「そっか。じゃあやっぱりここで……」

ドリンクバーの前で、来栖君と紬が何か話しているのが聞こえた。

親しげな様子で話す二人に、なんだかもやもやしたものを感じる。

考えてみれば、この二人は私とは関係なく元から友人なのだ。

自分が臆病風に吹かれて話しかけられなかった期間、二人の間には確かな積み重ねがあったのだろう。

――ふと、思う。

もしかして来栖君の目的は、紬との仲を深めることだったのではないかと。

私のことなんか全然関係なく、単に選挙の手伝いをしている紬狙いで参加してきたのではないか。

「あ……二人とも、手伝おうか？」

そう思うとなんか嫌で、思わず私は二人に声をかけていた。

邪魔者扱いされたらどうしよう、と話しかけた後に思い至る。

緊張の一瞬を迎える私をよそに、二人は顔を見合わせた後、何故かにやりと笑った。

「いいところに来たね、凪ちゃん」

「俺たち、とってもいいことを思いついたところだったんだ」

……なんか、嫌な予感。


——数分後。

三人でドリンクを運び終え、盛り上がるカラオケルーム内に戻った私は、来栖君からそっとマイクを手渡されていた。

「どうしてこんなことに……」

ぷるぷると震える手にじっとりと嫌な汗をかく。

武道館でライブをやった時はあんなに軽く感じたマイクが、今日は鉄アレイかと思うほど重く感じた。

「はい。というわけで実は特技がカラオケという凪ちゃんによるガチモノマネを披露してもらいます！　曲は『災禍の悪夢（ナイトメアディザスター）』の『黒き翼が世界を覆う』です！」

私の気持ちなどお構いなしで来栖君が曲紹介を始めると、カラオケルームに聞き慣れたイントロが響き始めた。

本当に、どうしてこんなことになったのか……さっきの廊下でのやりとりを思い出す。

『ただでさえ委員長キャラで真面目なイメージだったのに、勉強会まで開いたせいで超真面目キャラというイメージがついてしまっていたから、親近感湧くネタを一つやろう』

来栖君が笑顔でしてきた提案。

これはまだ分かる。確かに親しみやすいキャラではない自覚はあるし、なんとかできるならしたい。

――が、だからといって、その手段がモノマネ披露というのはいかがなものか。

しかも、モノマネするのが『災禍の悪夢（ナイトメアディザスター）』というのはさらにいかがなものか。

悩んでいる間にイントロが終わり、かつてのレッスンで刷り込まれた条件反射のまま、押し出されるように歌声が出た。

「『世界が黄昏（たそがれ）に染まる時――』」

私の喉から発せられた超絶クオリティのモノマネに、カラオケルームが驚きに満ちる。

いや、ただのご本人様登場なんだけど。

「うわ、委員長すっご！　めっちゃ似てる！」

「ていうか普通に歌上手（うま）くない⁉　まさかカラオケガチ勢だったの⁉」

内心で困惑する私とは裏腹に、観客のボルテージが上がっていく。

ライブや音楽番組で幾度も見た光景。

それを耳にしながら最後のサビを歌い上げると、割れんばかりの拍手が私に向かって降り注いだ。

「あ、ありがとうございました」

照れながら軽く会釈して、そそくさとソファに座る。

途端に、どっと精神的疲労が押し寄せてきた。

人前じゃなければ、頭を押さえて転がり回りたいくらいである。何あの痛い歌！　あれが持ち歌とかどうかしてるよ！　ていうか誰が作詞したの⁉　私か！

「委員長！　めっちゃモノマネ上手かったじゃん！　どうやんのあれ、コツとかある？」

「マジでメアちゃんみたいだったわー！」

私が精神的な疲労に沈み込みそうになっていると、そこから引き上げるように同じクラスの女子が何人かハイテンションで話しかけてきた。

「あ、ありがとう……どうも声質が似てるみたいで」

顔を引きつらせながら、そう答える。まあ似てるというか同じ声質なんだけども。

「そっかー。いや、意外な特技だったね。ていうか超歌上手いじゃん。他にどういう曲好きなの？」

セミロングの茶髪を揺らしながら、香川さんが訊ねてくる。

「は、流行りの曲はだいたい聴いてるかな」

というか、ライバルをチェックする習慣がアイドル時代に出来て、それがいまだに残っている状態なんだけども。

「あ、じゃあこの曲知ってる？　今めっちゃハマってるんだけど」

メガネをかけた小泉さんがカラオケのタッチパネルを操作して曲名を見せてくる。

動画サイトで急上昇に上がってた曲だ。聴いたことがある。

「あ、うん。いい曲だよね、私も好き」

クラスの女子と、砕けた雑談をする。

今まで出来ていなかったごく普通の高校生活を満喫しているようで、ちょっと感動してしまった。

そう、こういう学校生活を送りたかったの……！

そのきっかけがメアのモノマネ（本人）であったことは複雑だが、これ自体は非常に喜ばしかった。

「あ、私の番だ。じゃ、歌ってきます！」

「よっしゃ、タンバリンは任せろー！」

香川さんと小泉さんはマイクとタンバリンを求めて私のいるソファを離れていった。

それと入れ替わるように、来栖君が隣に座る。

「お疲れ様。いやあメアによく似てたよ。もしやモノマネのプロの方ですか？」

私の前にオレンジジュースを置きながら白々しい言葉をかけてくる来栖君の脇腹を、無言でつんつんとつついた。

「怒るな怒るな。お友達作りに協力してやったんだから」

宥(なだ)めてくる来栖君を、私はじと目で見つめる。

「本当かなあ。面白半分だったような気がしないでもないけど」

「おいおい、そんなわけねえだろ」

むっとしたように顔をしかめる来栖君。

確かに、私のためにやってくれたのにこの言いようはよくなかったかも。

「だ、だよね。さすがに来栖君でもそこまではしないよね」

「ああ。せいぜい面白七割五分くらいだ」

「二五％増量フェア⁉」

思った以上に悪質だった。

「というのは冗談として、まずは凪が人前に出るのが大丈夫になったかの最終チェックだったわけよ。まあ、あそこまでのパフォーマンスをするとは思わなかったけど」

「……デビューするために色々レッスンをさせられたからね。特に歌とダンスはどんな精神状態でも完璧にこなせるようにって」

ライブというのは何が起きるか分からない。客が多すぎて熱狂に飲まれたり、少なすぎて心が折れたり。

あるいは大物タレントやプロデューサーの前で歌うこともある。そういう時に気分の善し悪しでパフォーマンスが変わっては仕事にならない。

だから、歌とダンスだけはどんな時でも条件反射でできるように鍛えられてきた。

まさか今この人見知り状態になっても、自分の中にその反射が生きているとは思わなかったけど。

「…………………」

……あるいは、これは私がメアに戻りつつあるということなのだろうか？

そのおかげで、昔みたいなパフォーマンスができたのかもしれない。

「なるほど。努力の成果ってやつか。さすがだな、おかげで予想以上にうまくいった」

自分の作戦がハマったからか、上機嫌な来栖君。

おかげで最大のトラウマを刺激された私としては、もうちょっとくらい文句を言ってもいいはずだ。

「……もっと他に穏当な手段がなかったんですかね」

「なかったですね。ここにいる女子がメアの曲好きな子多いって、宮原経由でさっき聞いてたし……なにより初対面の相手と仲良くなるには漫画か音楽の話をするのが手っ取り早いんだ。転校する度に試してたから間違いない」

実感のこもったその言葉には、彼のしてきた苦労が滲(にじ)んでいた。

「……そういえば転勤族の子だっけ」

「ああ。長いこと渡り鳥をやってると、こういうのばっかり得意になってくもんでな。他にも色んな手練手管を覚えてしまったし」

どこか皮肉げに肩を竦(すく)める来栖君を見て、ふと初めて出会った時のことを思い出した。

「得意分野な割には薄い絆(きずな)しか築けなかったようで」

ちょっと笑いながらからかってみると、来栖君は珍しく一本取られたと言わんばかりに言葉に詰まった様子だった。

「ぬぐぅ……それは言わない約束だぞ。ま、話すきっかけくらいになるのは確かだ」

それに、と来栖君が付け加える。

「別に薄い絆しか築けなかったわけじゃないさ。お前に会えたからな」

そう、真っ直(ま)ぐ(す)に笑って言われてしまい、今度は私のほうが言葉に詰まる。

「……そういうの、急に言わないでよ。ばか」

なんかもう自分の顔が真っ赤になっているのが分かってしまい、オレンジジュースを一気飲みしてクールダウンする。

なんかちょっと恥ずかしくて顔を上げられなくなっていると、不意に遠くから声が聞こえてきた。

「おーい、来栖君！　そんなところで委員長といちゃついてると、紬ちゃんが妬いちゃうよー？」

飯島さんだ。

どうやらまださっきの恋バナがくすぶっているらしく、からかうついでに探りを入れてきたらしい。

来栖君はどう反応するのか、満更でもない表情を浮かべたらどうしようと思いながら、そっとその横顔を見る。

すると、彼はにやりと、すごくあくどい笑みを浮かべていた。

……本日二度目の嫌な予感。

「問題ない！　俺の本命は凪ちゃんだし！」

しっかりと私の肩を抱いて叫んだ言葉に、女子たちが色めき立つ。

や、やっぱり嫌な予感が当たったー！

「そうなの⁉　委員長、さっき全然そんなこと匂わせてなかったのに！」

「ちょ、委員長集合！　どういうことなのかたっぷり聞かせてもらうよ！」

案の定、女子たちはピラニアみたいなオーラを発しつつ私を招く。

――これは……一旦ちゃんと話をしないと収まりそうにない。

「はは。よかったな、俺と違って深い絆を築けそうじゃないか」

「うぅ……恨むよ、来栖君」

見事にカウンターを決めてきた来栖君に敗者らしい恨み言を残し、私はピラニアの群れに出頭するのだった。


最後まで大盛り上がりのまま、カラオケでの打ち上げは終了を迎えた。

テンション上がりすぎて変な騒動でも起きたらどうしよう、と始まってからしばらくは心配していたが、みんなもきちんと分別はあってくれたようで、私がモノマネで精神的ダメージを受けたことと恋バナでもみくちゃにされたこと以外、特に問題は起きなかった。

あれ、私だけ辛(つら)くない？

「じゃあねー！　また明日学校で！」

紬が軽やかに駅に向かって走っていくのを合図に、みんなそれぞれの家路を辿る。

「凪、送ってく」

同じ電車通学の来栖君が、ごく自然にそう申し出てくれた。

「ん、ありがと」

それにちょっと照れくさくなりながらも、嬉しかったので素直に受けることに。

六月とはいえ日が沈むとそれなりに涼しく、過ごしやすい。

心地よい夜風を浴びながら、私たちはなんとなく無言のまま歩き続けた。

気まずさや息苦しさみたいなものはない。

ただ、彼が隣にいるだけでそれなりの充足感があり、なんだか無理に会話をする必要性を感じなかった。

来栖君もそう思ってくれてたらいいのに、なんて気持ちで隣を見ると、こっちを見ていた彼と目が合う。

それがなんだかおかしくて、私たちは二人してくすりと笑ってしまった。

ぽつりと、来栖君が沈黙を破った。

「今日はうまくいってよかったな」

「うん。色々あったけど、結果的には来てよかったよ」

香川さんや小泉さんには今度またカラオケに行こうと誘われたし、飯島さんとも連絡先を交換できたし、これから仲良くなれそうな人がたくさん出来た。

「俺も久々にお前の歌が聴けたしな」

満足そうに呟（つぶや）く来栖君に、私はどうしても複雑な気分になる。

——やっぱり私がメアに近づいたのが嬉しいの？　このまま戻ってほしいの？

もしかしたら、今訊ねれば答えてもらえるのかもしれない。

けど、もしそこで「そうだ」と答えられてしまったら、私はどうすればいいのだろう。

怒って彼から離れるのだろうか？

それとも割り切って協力者として付き合い続けるのだろうか？

あるいは……メアに戻ることを良しとするのだろうか？

あんなに嫌だったのに、その選択肢が自然と浮かぶ。

だって、来栖君がそういう自分を求めているなら応えたい。

いや、応えないせいで自分から彼の気持ちが離れていくのが怖い。

ああ——もう、誤魔化せない。

かつて周りから白い目で見られていた私を受け入れて、一緒に馬鹿をやってくれたことが嬉しかった。

アイドルとして大変なこともあったけど、彼がどこかで見てくれていると思うと、もっと輝いてやろうと思えた。

そして誰にも言えない黒歴史を抱えた今の私を支えてくれる、心の拠り所になってくれたことが嬉しかった。

他の女の子を見ていると苦しくて、私を見てくれると嬉しくて。

彼と一緒にいると、自分の感情が他の誰といる時よりも強く振り回される。

要するに、私は来栖君のことが好きなのだ。

そう認めてしまった瞬間、心のどこかで張っていた意地とか照れとか、そういうものがプツンと音を立てて切れていくのが分かった。

途端に、押し止められていた熱が心に満ちていく。

ずっと苦しかったものから解放されるような心地よさ。同時に、自分の中に何か制御できないものが生まれたという怖さ。

その両方が入り乱れて、感情の波に理性が溺れていく。

「……ねえ。手、つないで」

だからだろう、ほとんど意識しないままに私の口はそんな言葉を紡いでいた。

それに来栖君は少し驚いたように目を見開いた後、私の手を握ってくれる。

「なんだ？　急に甘えん坊か？」

どこかからかうような流し目と、私の手をすっぽりと覆う彼の手の大きさに思わず鼓動が跳ね上がる。

「……今日、頑張ったから。ちょっとくらい甘えてもいいと思うわけですよ」

繋いだ手のひらから鼓動が伝わったらどうしよう、なんて益体もない思考がぐるぐると頭の中を巡り、変な言い訳をしてしまった。

「確かに。ちょっとくらい甘やかさないとな」

しかし、来栖君は私の言い分をあっさりと飲み込み、繋いだ手に少しだけ力を込めた。

「なんならお姫様抱っこで家まで運んでやろうか?」

「そ、そこまで行ったらもう罰ゲームだよ!」

そんなことを言いつつも、手だけは離さない。

まだ、整理できていない感情はたくさんある。

聞かなければいけないことだってきっとある。

だけど、いい。

今だけはこの繋いだ手の温かさだけに浸っていたいと、そう思ってしまう。


――人を好きになるというのは、こんなにも自分が分からなくなることなのだと、初めて知った。

六章 ✦空回りで遠回りな。✦

そうして、いよいよ選挙当日の朝を迎えた。

生憎（あいにく）、天気は晴れやかな青空とは行かず、いつ崩れてもおかしくない曇天。

そんな中、いつもより早く登校した俺は、すっかり作戦会議室となった空き教室で凪（なぎ）と最後の準備時間を過ごしている。

彼女は深呼吸を繰り返すと、くしゃくしゃになるまで握りしめた今日のスケジュール表を何度も読み返していた。

「ええと……最初に陸奥（むつ）先輩が最終演説して、その後に私が最終演説して、その後に陸奥先輩の最終演説が入って、それで投票して」

「先輩が二回演説してるじゃねえか。再放送の間隔が短すぎるぞ。朝ドラか」

予想通りテンパっている凪に、俺はツッコミを入れる。

うーん、これまで人前が大丈夫になるよう訓練してきたが、あがり症の根治まではいけなかったか。

とはいえ、どんなに緊張していても、用意した原稿を読むことくらいはできるようになっているだろう。

「大丈夫……私はきっと大丈夫……カラオケで歌うという偉業を成し遂げた女だし……絶対平気……」

俺の声も耳に入っていないのか、凪は俯いたままぶつぶつと呟いていた。うーん、これは一回リラックスさせたほうがいいかもしれん。

こういう時は、人当たりがよくてほどよくテンションの高い宮原に限る。

そう思い、友人を呼び出そうとスマホを取り出した時だった。

空き教室のドアが開く音が響く。

凪と二人、弾かれたように入り口のほうを見ると、そこにいたのは宮原だった。

「お、宮原。ちょうどいいところに。今凪が緊張してて——どうした？」

言いかけたところで、宮原の表情が酷く強ばっていることに気付く。

「いきなりだけど……二人とも、落ち着いて聞いて」

挨拶もなしに張り詰めた口調で話し出した宮原に、俺と凪は顔を見合わせると無言で続きを促す。

そうして彼女が口にしたのは——

「被服部以外の旧校舎系部活が、全て陸奥先輩の派閥に寝返った」

——俺たちにとって、最悪の報告だった。

それからすぐ、宮原と別れた俺たちは、旧校舎にやってきていた。

廊下を歩いていると、慣れ親しんだはずの建物がやけに空々しく感じる。

まるで巨大な動物の胃袋にでも入ったかのような不気味さだ。

それもそうだろう。苦労して票田にしたはずのこの場所は、今や俺たちにとってアウェー以外の何物でもない。

凪も心細いのか、俺にピッタリとくっついて離れない。

「失礼します」

やがて、被服部の部室に辿(たど)り着(つ)いた俺は、軽くノックしてから返事も待たずにドアを開けた。

旧校舎で唯一ホームと呼べる空間に入った瞬間、後ろにいた凪がほっと息を吐く気配を感じる。

が、ある懸念を抱いていた俺は、同じように気を緩めることはできなかった。

「来たか。忙しいところ呼び出して悪いね、二人とも」

厳しい表情で俺たちを出迎えてくれたのは、被服部の部長だった。

がらんとした部室の中には、彼女一人しかいない。

「部長、どういうことですか？　被服部以外全ての部活が寝返ったって」

焦りを隠す余裕もなく、俺はいきなり本題に入った。

部長も同じ気持ちらしく、小さく頷（うなず）くと口を開く。

「言葉通りだよ。君の旧校舎部活連合（ユニオン）の計画は陸奥会長の妹さんにバレていた。で、それを逆用されて、乗っ取りを食らったんだ」

「……どうやってですか？　前も言いましたが、この旧校舎内で連合を作るなら、俺たちに乗るのが一番メリットの大きい方法のはず。裏切る理由が見当たりません」

そう、俺たちの計画に乗らない場合、被服部は周囲と取引できるレベルには達しない。

だから陸奥先輩が同じことをやろうとしても、旧校舎で回る経済の規模は小さくなり、恩恵が少ないはずなのだ。

それなのに、その可能性があるとすれば……被服部の裏切り。

凪の派遣した指導者により、予想より早く被服部のレベルが上がった。

そのため、俺たちを支持する必要が消滅し、裏切りに走ったというものだ。

「最初に言っておくけど、裏切ったのは私たちじゃないよ」

俺が入室前から抱いていた懸念を部長も理解していたようで、真っ先に潔白を主張してきた。

俺たちをわざわざ呼び出したのも、直接この弁明をするためだったのだろう。

「単刀直入に言うと、裏切ったのは美術部。というより……これは私もさっき知ったんだけどね、美術部は陸奥会長の妹さんが作った部活だったみたい」

部長の話に、凪があからさまに動揺した。

「え、む、陸奥先輩は弓道部のはずじゃ……」

「うん。だから私たちもこれは盲点だった。弓道部は結構大きな部だし、冷遇されてる旧校舎系の部活の子とは距離があったはずだから。けど実際のところ、美術部は向こうのスパイだったんだよ。君たちの動きは、最初から筒抜けだった」

スパイ、という言葉に、凪が目を見開く。

「ま、待ってください！　美術部なんて私たちが被服部と組む前から存在してたじゃないですか⁉　わざわざ選挙対策のためだけに予め部活を作ってたんですか⁉」

「いや、違う」

凪の疑問を否定したのは、俺だった。

今まで得た情報が俺の中でパズルのように合わさっていく。

そして出たのは、当然と言えば当然の回答だった。

「……いじめ対策、ですね？」

「正解」

俺が訊ねると、部長は神妙に頷いた。

「どういうこと？」

事情が分からない風が俺を見上げて眉根を寄せるのに、ゆっくりと説明する。

「この学校では去年、酷いいじめがあったんだ。被害者が転校してしまうような……陸奥先輩は、それをすごく気にしてる。あれだけ優秀な人なら、再発防止策を入れててもおかしくない。特に教師の人数も足りず、人の目が入りにくい旧校舎でいくつもの部活を立ち上げる、なんていう計画を立てるなら」

旧校舎を弱小部のために開放すると決めたのは、そもそも去年の生徒会だ。

なら、対策の一つや二つして当たり前。

それが、生徒会の目となるスパイ役の部活だ。

「……してやられたな。さすが陸奥先輩」

思わず、素直な感嘆が漏れる。

俺たちの票田が旧校舎にあることなんて、最初から気付かれていたのだ。

勉強会に参加したのも、一年生の票を削るためではなく、自分がまだ何も気付いていないと——俺の手のひらで転がされているのだと見せかけるため。

その裏で、バレないように旧校舎系部活への寝返り工作を進めていたのだろう。

ここまで綺麗に出し抜かれると、悔しさよりも賞賛が先に来る。

「美術部は十七夜（かなぎ）さんの計画には乗らないと表明した。いくら被服部が連合に参加できるレベルに達しても、美術部が乗らないならトントンでしょ？　得られるメリットが同じなら、そもそも有利な陸奥会長の妹さんの派閥に乗り換えるのは当然の流れよ」

溜（た）め息（いき）交じりにそう結んだ部長の顔は、少し疲れているように見えた。

被服部は真っ先に俺たちに乗った部だ。陸奥先輩が勝った場合、冷遇される恐れがある。

「……悪いわね。本当なら旧校舎に本拠地を構えてる私たちが真っ先に気付かなきゃいけなかったのに。今朝、他の部の友人から寝返りを促されるまで、全く気付けなかった」

申し訳なさそうな部長に、しかし俺は首を横に振る。

「無理もないでしょう。被服部はコンテスト前で、余計なことに気を回している時間はなかったのでしょうから」

陸奥先輩もそこに隙が出来ると分かっていたからこそ、俺たちの票田で大胆に動いたのだろう。

「今、他の部員には仲のいい子に翻意を促すよう働きかけてもらってる。けど……」

実際のところそれは難しい、と部長は言外に語っていた。

「分かりました。情報、感謝します。心配しなくても、泥船に乗せたつもりはありませんので、任せてください」

俺がそう請け負うと、部長も少しは安心してくれたのか、表情を緩めて頷いた。

「……うん。私もできる限りのことはしてみるから。あとは任せたよ、来栖君」

「ええ。ではこっちも対策のために動くので、これで失礼します」

「し、失礼します」

俺が一礼して部屋を出ると、凪も慌てたように出てくる。

これからどうするのか、隣に並んだ凪が聞きたそうにこっちを見ているが、口に出して訊ねてはこない。

当然だろう。被服部から一歩出れば再びアウェーなのだ。どこで誰が聞き耳を立てているか分かりやしない。

──だからといって、ここで彼女と会うのは予想外だったけど。

「おはよう、二人とも。いよいよ投票日だね」

常と変わらない爽やかな笑みで挨拶してきたのは、他ならぬ陸奥先輩だ。

「……おはようございます。嫌なタイミングで来ますね。計算ですか？」

一瞬、ポーカーフェイスを気取ろうかと思ったが、すぐに諦めて俺は悪態をぶつけた。

「あはは。ごめんんね、そういうつもりじゃなかったんだけど」

先輩は困ったように苦笑を浮かべる。

それを見て、俺もようやく頭が冷えた。

別に先輩が悪いことをしたわけではない。俺も先輩も同じように策を巡らせ、その上で向こうが一枚上手だっただけのこと。

責めるならば、騙(だま)された俺の間抜けさだ。

「失礼しました。それで、何か用で？　お互い貴重な時間でしょう」

いや、貴重なのは俺たちだけか。

先輩は現時点でほぼ勝ちが確定しているようなものなのだから。

「うん。ちょっと今回の選挙について十七夜ちゃんに話があって」

笑顔の先輩に声をかけられて、凪はビクッと肩を跳ねさせた。

「な、なんでしょう」

圧倒的に差を付けられているライバルに呼びかけられたからか、凪は普段以上に人見知りした様子だった。

「単刀直入に言うね。今回の選挙、出馬を取り下げてほしいんだ」

「なっ⁉」

「それはちょっと聞き捨てなりませんね」

絶句する凪に代わって、俺が再び前に出る。

「もちろん、ただとは言わない。十七夜ちゃんにも生徒会長になってやりたいこととか、叶えたい政策があると思う。それを私の可能な限り協力すると約束する」

「変ですね。そんな取引をしなくても、この状況なら勝てるでしょう。何故、そんな提案を?」

そう疑問をぶつけると、先輩は少し困ったような顔をして肩を竦めた。

「当選するだけならいらないだろうね。けど、当選ってゴールじゃなくてスタートだから。制度上、副会長は教師の指名で決まるけど、大抵はその年の有力候補者が選ばれるの。このままなら来期は私と十七夜ちゃんが軸の生徒会になる。その時、この勝ち方は遺恨を残すでしょ?」

どうやら、先輩は自分がダーティな手段を採ったという自覚があるらしい。

俺からすれば正々堂々とした駆け引きでの勝利だが、反感を覚える人間も確実にいる。

特に、凪に付いた側の生徒はその可能性が高い。

「……なるほど。それで凪陣営との融和策に走ったということですか」

周囲に凪との和解をアピールすることで、凪側の生徒の感情を宥めようということか。

「そういうこと。その証明として、今取り下げてくれたら私は来栖君を私陣営に推薦人として入れようと思う。会長当選者の推薦人にも、生徒会入りの権利が発生するからね」

そうして凪陣営の人間が生徒会に増えれば、凪の影響が強くなるし、やりたい政策も通しやすくなるだろう。

本来敗者であるはずの凪に十分すぎる配慮だ。融和策としてこれ以上はない。

「……随分と大盤振る舞いですね。本来の推薦人の方はいいんですか？」

先輩にだって現時点で推薦人がいるはず。この案は、その人を切り捨てることになるのではないか。

「まあね。けど、幸いあの子はあんまり生徒会に興味ないし……それに反感を買ったとしても、ここは必須。こっちはこっちでそれくらい追い詰められてるからね。まったく、来栖君は本当に手強かったよ」

「……先輩にそこまで言ってもらえるのは光栄ですね。まあ、結局は見抜かれたわけですけど」

苦々しい表情で称えてくる先輩に、俺は複雑な心境で答えた。

「私が君の策略に気付けたのは運がよかっただけ。全てを知った時は、やられたと思ったね。おかげでそっちの対策に追われて、一年生への根回しはほとんどできなかったもの」

そう呟いてから、先輩は真っ直ぐに凪を見つめた。

「というわけで、この辺で手打ちにしない？　そうすればお互いにメリットがあると思うんだ」

先輩の立場からすれば妥当な提案。

が、俺たちには飲めない理由がある。

「申し訳ありませんが、答えは以前と変わりません」

再度の誘いを、俺はスパッと断った。

「……そう。十七夜ちゃんはどう？」

問われた凪は、逡巡するように沈黙する。

凪からすれば、自分が会長にならずともＯＢとのパイプさえ繋げてもらえばいい。

「……すみません。お断りします」

しかし、やはり凪は断った。

ここでパイプ役を依頼するということは、先輩に自分の正体をバラすということ。

それができるだけの信頼関係を、この二人は築けていなかったようだ。

「ま、そうよね。ここまでやってきたんだもの。ごめんね、無駄な時間を取らせて」

先輩は半ば答えが分かっていたのか、一つ溜め息を吐くと、あっさりと諦めた。

――その言動に、俺は妙な違和感を覚える。

「でも気が変わったら言って。いつでも歓迎するわ」

が、それが形になるより早く、先輩は踵を返して校舎の中に引っ込んでいった。

「来栖君。どうすればいい？」

凪が口を開いたのは、旧校舎を出てしばらく歩いた雑木林の中だった。

いよいよ天気は崩れはじめ、先ほどからちらほら雨粒が降っているのが分かる。

そんな中、俺は深々と溜め息を吐いて天を仰いだ。

「…………分からん」

――初めて。

ここにきて、初めてだ。

参謀として、お手上げ状態になった。

正直なところ、陸奥先輩のことをすごいと思う。

駆け引きでは完全に上をいかれたし――何より、彼女は会長としての資質の高さで真っ向から俺を破った。

生徒会の一員として学園生活をよくしていこうという信念を持ち、努力を重ねて、そのために作った情報網に俺が引っかかった。

先輩は運がよかったと言ったが、俺はそうは思わない。

――戦う準備が出来ていたのだ、今度こそ生徒を守るために。

どんな相手とでも戦おうという覚悟と準備。その強さが俺を上回った。

本当にすごいと思う。尊敬に値する。

だから、そんな相手に俺が太刀打ちできるのかと、一瞬怯(ひる)んでしまった。

「来栖君……」

いけない。こんな態度で凪を動揺させるなんて論外だ。

「……大丈夫。俺がなんとかするから」

俺は取り繕うように笑顔を作って、凪を安心させようとする。

が、その無理が伝わってしまったのか、彼女はきゅっと唇を引き結んだ。

空気が重い。

とにかく、方針だけでも示さなければ。

「幸い、先輩の言った通り一年生の票はこっちが有利のはず。先輩の地盤になった旧校舎を無理に引き戻すより、一年生の日和見票を取ったほうが……」

言いながら、先ほどの違和感が強くなっていくのを感じた。

なんだ、この気持ち悪さは。

何かを見落としているような、間違えているような、嫌な感覚。

だが、陸奥先輩の言動から得られたヒントを組み合わせると、これが最善のはず。

「………………」

――いや、そもそも。

何故、陸奥先輩は俺にヒントを与えるような言動を取った？

そこに至った瞬間、違和感の輪郭を捉えたような気がした。

勝利が確定しているから、ヒントになる言動なんかに気を配らなかった？　いじめ対策にスパイの部活まで仕込むような周到な人が？

そんなことはありえない。あるとしたらそれは――。

「……ねえ、来栖君。もう無理しなくていいよ」

黙り込んでしまった俺をどう思ったのか、凪は無表情でそんなことを呟いた。

「待て。今いい作戦を思いつきそうだから」

またも自分の思考に没入してしまったバツの悪さから慌てて言い訳するが、凪は静かに首を横に振った。

「ううん。実はね、ちょっと前からメアに戻るのもいいかなって思ってきてたんだ」

「…………は？」

あまりに予想外な言葉に、俺は絶句してしまう。

そんな俺に構わず、凪は妙に楽しそうに笑ってみせる。

「ほら、今回の選挙活動を通して私も結構人見知り治ってきたし？　カラオケで歌も錆び付いてないって分かったからさ。今なら契約が切れるまで妥協して割り切るくらいはできそう」

――その言葉に、俺の中から沸騰したように激情が湧き出してきた。

「本気で言ってんのか⁉」

思わず怒声が出る。

きっと、これは盟友としての怒り。

メアはいつだって輝いていた。

それはあいつが演技でもなんでもなく、ただ本心から、今ある自分を楽しもうとしていたから。

妥協？　割り切る？

そんなのメアじゃないだろ……！

「やめろ、そんなハリボテで元に戻ろうとするの！　メアはそんな奴じゃなかっただろ！」

溢れる感情を抑える術もないまま、俺はそう叫んだ。

しかし、凪はそれにも怯まない。

さっきまでの嘘くさい笑みを引っ込ませ、目尻に涙を浮かべながらも睨み返してくる。

「じゃあどうすればいいの⁉　誰も私が凪であることなんて求めてないのに！　来栖君だって、私がメアに戻ることを望んでるじゃない！」

溜め込んだ感情を爆発させたのか、俺の叫びなんて比じゃないほどの勢いで言葉をぶつけてくる凪。

「何を……」

彼女が見せたあまりの感情の奔流に、俺はさっきまでの怒りも霧散してたじろいだ。

そこで凪も我に返ったのか、目尻を拭って俯いた。

「……最初の勉強会の日、聞いちゃったんだ。私が職員室に鍵を返しに行っている間、来栖君が先輩と二人で話してること」

「勉強会の……」

そう言われて、俺はあの時の話を思い出す。

『前に言ってたでしょ。来栖君には十七夜ちゃんを勝たせること以外にも、来栖君だけの目的があるって』

『……確かにそんなことも言いましたね』

すっと、血の気が引いた。

「お前、あの話を……」

青ざめる俺を見て、凪は皮肉げに微笑を浮かべた。

「来栖君だって、私の勝ち負けなんてどうでもいいんでしょ？　他に目的があるって……それ、私のことをメアに戻そうとしてるってことじゃないの？」

「凪……お前」

──ずっとそんな不安を抱えてやってきたのか。

徐々に強まる雨脚の中、呻くように呟いた俺から、凪は気まずそうに顔を逸らした。

「……とにかく、そういうことだから。今までありがとう」

そう言って走り去る凪を、俺はその場に縫い付けられたように見送った。

──追いかけろ。追いかけて誤解を解け。

俺は凪をメアに戻そうだなんて思ったことはない、いいや、いいや、いいや、いいや、いいや、いいのだと。

心の内から湧き出してくる衝動を、しかし理性が抑えた。

今は選挙直前の大事な時間。最後に残された逆転のチャンス。

やるべきことは下手な弁明ではなく、勝利のために策を練ること。

「……悪いな、凪。お前がどう言おうと、俺はお前を勝たせるぞ」

土砂降りになった雨の中、俺は動き出した。

来栖君の下から走り去った私は、最終演説が行われる講堂に一人やってきた。

会場準備のための生徒が数人いるだけの巨大な空間。

「やらかした……」

舞台袖にあったパイプ椅子に座るなり、私は濡れた頭を拭く振りをしてタオルで顔を隠して目を閉じる。

立候補者の私が緊張を解すために早めの会場入りでもしたと思われたのか、誰も声をかけてこない。

それを幸いに一人で感情を冷ましていると、瞼の裏にさっきの来栖君の顔が浮かぶ。

筋違いの糾弾を受けて、動揺した様子の彼を思い出すと、胸がずきりと痛んだ。

だって、あんなの八つ当たりだ。

来栖君が選挙を手伝ってくれたのは、私が助けを求めたから。

たとえ他に目的があったとしても、その第一義は変わらない。

ただ彼は、友人として手を差し伸べてくれただけ。

「でも……」

その友人とは、凪ではなくメアなのだ。

そして、来栖君にとってメアは特別だから——彼が策略を巡らせて、無理やり形だけメアに戻したとしても、そんな紛い物では彼自身が納得しない。

さっき彼に怒られた時、それが分かってしまった。

自分の幼稚さに失笑が漏れる。

いつまで経っても来栖君にとってメアは特別で、凪ではそれを超えられない。

それが苦しくて、辛くて、悔しくて。

そんな嫉妬でしかない感情を、来栖君にぶつけてしまった。

「最低……」

これでは本当に見切られても仕方ない。いや……見切られたに違いない。

だってもう彼には屈に味方する理由がない。

ただ、自分が頼んだから昔のよしみで助けてくれただけの相手を、一方的に突き放したのだ。

この最後の大一番を、自分一人で戦わないといけない。

……正直、震える。

助けて、って言いたい。

けど、今の私にもうその言葉を口にする資格はない。

だから、ぐっと唇を噛み締めて、ただ静かに一人で戦うための準備をする。

大丈夫。人見知りだってマシになった。練習だってしてきた。

きっと戦える。やれる。

そんなふうに自己暗示を掛けていると、いつの間にか講堂に人の気配が満ちてきた。

どうやら全校生徒が入ってきたらしい。

本番間近だ。私はゆっくりとタオルを外すと、周囲を窺う。

講堂の席には、満員の生徒たち。

舞台を挟んだ反対側の舞台袖には、陸奥先輩とその推薦者と思しき人の姿。

一方で、私の隣にはやはり来栖君がいなかった。

「……そりゃそうだよね」

目を瞑って、ただ待ってるだけで彼の気が変わってくれるかも、なんて、あまりにも都合がいい妄想だった。

私は頭を振って妄想の残滓を振り払うと、全身に力を込める。

『それではこれより、両陣営による最終演説を行います』

私の覚悟が固まると同時、スピーカーから開幕の声が響いた。

客席のざわめきが消え、痛いほどの静寂が鼓膜を打つ。

『まずは二年生の陸奥一颯さんからお願いします』

そんな中、陸奥先輩を指名する声が聞こえた。

緊迫感をまるで意に介した様子もなく、先輩はゆっくりと舞台の真ん中に進み、マイクの前に立つ。

そうして、笑顔さえ浮かべて観客の顔を見回した。

『今回、生徒会に立候補した陸奥一颯です。二、三年生は知っているでしょうが、私は前生徒会の一員でした』

堂々として聞きやすく、人の意識を吸い込むような喋り方。

技術に裏打ちされた自分の心を伝えるスピーチ術。相当の練習をしてきたのだろう。

『自分で言うのもなんですが、前生徒会は素晴らしい生徒会だったと思います。私が入学した時に感じた息苦しさ、不満、そういったものと真っ向から戦い、改革していった組織であったと思います。……まあ、おかげで歴代屈指の武闘派なんて言われてましたが』

当時を知る上級生たちは頷いたり、くすりと笑ったりしている。

それを見た一年生も、なんとなく場の空気に流されて好意的になっていくのが表情で分かった。

『ですが、前生徒会は完璧ではなかった。できなかったこと、届かなかったことがまだまだたくさんある。私には、その一員として前会長たちの意思を受け継ぎ、改革を完遂する義務があります。よって、私こそが生徒会長に相応しいと、そう宣言します』

前生徒会の正統後継者。

その立場を改めて表明し、革命と成功の記憶を上級生から引き出し、下級生を飲み込みやすい雰囲気を作った。

『以上で、私の選挙演説を終了したいと思います』

その証拠に、一礼して壇上から去って行く彼女には、全校生徒から割れんばかりの拍手が送られた。

『続いて、一年生の十七夜凪さん、お願いします』

自分の名前が呼ばれるなり、私はすぐさま歩き出した。

マイクの前に立ち、一つ深呼吸をしてから口を開く。

『生徒会長に立候補した十七夜です。今回、一年生の私が出馬したことに、戸惑っている方もいるでしょう。しかし、私には皆さんの学校生活をより良いものにするための展望があります』

原稿の内容は、予め来栖君が用意してくれていたもの。

それを、熱のない口調で読み進める。

『……前生徒会は素晴らしい成果を残しましたが、急激な改革による反動も見過ごせないものがあります。たとえば――』

舞台に上がってみれば、思ったほど緊張はしなかった。

きっと、もう私自身がこの先の未来を半ば諦めているからだろう。

来栖君ですらさじを投げるような状況で、私にできることなどないのだから。

『なので、私はこれからの学園生活で……』

――いや、そうじゃない。

本当は、もう戦う意味を見出せないのだ。

だってもう私は負けている。

選挙以前に、メアに負けてしまっている。

来栖君にとって特別なのはメアだけで、凪は何人もいる友人の一人でしかない。

そんな中で、私だけは凪でいたいと願うのは、どれほど意味があることなのだろうか？

そう思ってしまった時点で、きっと私は負けてしまっているのだろう。

『だから……だから』

敗北の未来を直視したせいか、不意に声が出なくなった。

ステージの上で、マイクを構えたらどんな精神状態でもパフォーマンスができるよう訓練してきたのに。

来栖君が隣にいないというだけで、いきなり全てが揺らぐ。

『私は……』

急にぎこちなくなった私に、客席がざわめき始める。

何か、何か言わなきゃ。

原稿の続きを読んで、生徒の心を摑んで、選挙に勝って――勝って、どうするの？

頭の中が完全に真っ白になる。

もう、棄権しようか。

そんな考えが過ぎった――その時だった。

唐突に、講堂のドアが勢いよく開く。

「すみません、遅れました！」

――そうして現れたのは、紛れもない来栖玲緒その人だった。

「あ……」

私は思わず目を丸くして、彼を見つめる。

その瞬間、私は膝から崩れ落ちそうになるほど安堵で身体から力が抜けた。

――どうして来てくれたんだろう。あんな酷い八つ当たりをしたのに。

疑問と、嬉しさと、情けなさで頭がごちゃごちゃになって、涙が零れそうになる。

あの後、見事に雨に降られたようで、ずぶ濡れの制服のまま、舞台に向かってきた。

「十七夜凪の推薦人の来栖玲緒です。最終演説の交代を申請します」

司会をやっていた選挙管理委員に話しかける来栖君。

『……認めます。それと時間は厳守するように』

苦言一つで済ませてくれた選挙管理委員に一礼してから、来栖君が壇上に上がってきた。

その瞬間、初めて彼と目が合う。

「えと、あの」

何を言っていいのか分からなくて、たどたどしく言葉を詰まらせてしまう。

そんな私の仕草がおかしかったのか、彼はくすりと笑うと、何も言わずにぽんと肩を叩いてマイクの前に立った。

『はいどうもー。改めまして十七夜凪の推薦人の来栖玲緒です。いや、ちょっと遅れてしまいましたが、間に合ってラッキーでした。あ、もちろん俺じゃなくみんなが、ですよ。なんせこの生徒会長に相応しい超絶美少女凪ちゃんの魅力をたっぷり知ることができるのですから！　得しましたね！』

演説とは思えないラフなノリで話し始めた来栖君に、私は唖然とした。

が、次の台詞で、私は強制的に我に返らされる。

『まず凪ちゃんの魅力その一。実は受験を補欠合格で通っている。その二、人見知りでチラシ配りすらまともにできなかった』

「ちょっ……！」

唐突に暴露された汚点に私は慌てる。何考えてるの、来栖君……⁉

案の定、会場もざわついているが、来栖君は意に介した様子もなく話し続ける。

『……でもね。そんな子が、こうして人前で演説をできるようになったんですよ。成績だってよくなかったのに、勉強会を開いてみんなに勉強を教えたりもしてました。そういうことができるようになるまで、必死に努力したんです』

そうして、彼は徐々にざわめきが収まる客席を見回し、穏やかな笑みを浮かべた。

『凪は決して器用ではないし、自分に自信もない子です。そんな彼女だから、この選挙活動をやっていく中で、辛いことや苦しいことがたくさんあったでしょう。けど、彼女は自分に課された試練からは逃げませんでした』

「来栖君……」

そうして彼は、胸を張って、全校生徒に自慢するように笑った。

『すごいですよね。俺が彼女の立場だったら、ここまでたどり着けた自信はありません』

——ああ、駄目だ。

まだ何も終わってないのに。何も成し遂げてないのに。

こんな報われた気持ちになったら駄目だ。

私は零れようとする涙を必死に拭い、歯を食いしばって立ち続ける。

『彼女はこれからも多くの試練に立ち向かい、その度に成長して、素晴らしい生徒会長になると思います。だからこそ、十七夜凪こそが生徒会長に相応しい。そう思います』

ちらりと私を見た来栖君が、小さく笑った気がした。

それがなんだか恥ずかしくて、私は必死に涙を拭う。

『ああ、それとついでなんですけど』

と、そんな私を尻目に、来栖君はさも今思い出したみたいな口調で言葉を続けた。

『そんな凪ちゃんと俺で写真部を立ち上げることにしたので、ついでに報告します。活動場所は旧校舎の空き教室。興味のある方はよろしく』

「…………は？」

唐突な発言に、きょとんとする私。

が、数秒遅れて意味を理解する。

旧校舎組の寝返りは、美術部の裏切りで政策のメリットが拮抗(きっこう)したせいだ。

なら、新しく私寄りの部活が誕生したら……？

――パワーバランスが崩れ、一気にこちらに傾く！

『以上で、最終演説を終わりにします』

悪戯(いたずら)に成功したような弾む口調で演説を終え、一礼する来栖君。

その向こうで、苦虫を噛み潰したような表情の陸奥先輩が「やられた」と唇を動かすのが見えた。

「失礼しましたー」

職員室を出た俺は、ぐったりしながら溜め息を吐く。

「死ぬほど怒られたな……」

まあ最終演説中に部活の宣伝を行ったのだから、怒られて当然なのだが。説教と講堂の後片付けだけで済まされたのは罰として軽いほうだったかもしれない。

今は演説後の投票を終えて、集計時間。

外を見ると、既に空が夕焼けに染まっている。後片付けに時間がかかってしまったな。

そのままぼんやりと景色を眺めていると、屋上に見慣れた人影があることに気付く。

「……あいつ」

俺は教室に向かおうとしていた足を止め、行き先を変えた。

階段を上り、ドアを開ける。

そこには、フェンスに寄りかかってぼんやりと風景を見ている凪の姿があった。

「よう」

「……ん」

声をかけると、凪も小さく応じた。

そのまま水溜まり（みずた）を避けて隣に並び、ポケットから一枚の紙を取り出して差し出す。

「なにこれ」

「入部届」

写真部と書かれた入部届を受け取ると、彼女はじっとそれを見つめた。

「いつ作ったの、写真部なんて」

「ついさっき。多分、演説の五分前くらい？　職員室に残ってる先生がいてよかったわ」

職員室に乗り込むなり、たまたま目に付いた教師を説得するのに手こずってしまった。

最終的に講堂に行こうとする先生にしがみついて許可を取ってやったぜ。しかも、ずぶ濡れの制服で。

「……よく思いついたね。こんな作戦」

「ああ。陸奥先輩がヒントをくれたからな」

「ヒント？」

小首を傾げる凪に、俺は自分の考えを説明していく。

朝、先輩に会った時に抱いた違和感の正体。

それは、そもそもあのタイミングで俺を誘うのはおかしいということ。

「凪に付いた人間の反発を抑えたいっていうのは分かるけどさ、だからって凪だけならまだしも俺まで誘うのはおかしいんだよな。そもそも、先輩に一番反発してる可能性が高いのは俺なんだから」

なんせ陸奥先輩は俺の作戦を看破し、逆用することで完全に勝利を決めた。策士を気取っていた俺からすれば、屈辱もいいところである。

ここで俺を誘う理由なんて一つもないし、ただ腹の内に不穏分子を抱えるだけだ。

明らかなハイリスクノーリターン。それが分からないはずないのに、先輩は俺を誘った。

その理由は一つ。何が、なんでも、俺を凪陣営から排除しなければならなかった。

即ち、俺にはまだ逆転のチャンスがあったということ。

「……それが、新しい部活を立ち上げること？」

「ああ。確実に凪の息がかかっていて、なおかつ部活に所属していない。陸奥先輩の作戦において、俺という存在は何よりの危険分子だったんだよ」

いっそ陸奥先輩がその可能性に気付かなければ、俺にヒントを与えるような真似はしなかっただろうに。

「和解なんて建前で、まずは俺を凪の手元から排除すること。それが叶わないなら間違ったヒントを与えて思考を縛ること。それが先輩の目的だったのさ」

今思えば、今朝の先輩はこちらに一年生の票を取りに行くよう誘導していた。

だからこそ、俺はそこに違和感を持ったわけだが。

「……来栖君なら、何もしなくても気付いちゃうかもって思ったんだろうね。先輩もたまたま旧校舎にスパイを配置してなかったら、まんまと来栖君の作戦で負けてたかもしれないんだもん。来栖君のこと、怖かったんだよ」

言いつつ、手持ちのペンで入部届にさらさらと自分の名前を書いて俺に返してくる凪。

「まあ、今回は来栖君の機転のおかげで助かったよ」

「今回も、だろ？」

感謝してくる凪に、俺は混ぜっ返す。

すると彼女は軽く唇を尖(とが)らせながらそっぽを向いてしまった。

「……そうとも言うね」

「素直じゃないねえ、凪ちゃんは」

そう軽く笑ってから、静かに眼下の景色を見る。

雨上がりのせいでグラウンドに湖のような水溜まりが出来ており、その湖面に校舎が映っているのが美しく見えた。

「あそこ、写真映えしそうだな」

俺が水溜まりを指差すと、凪も頷いた。

「確かに。照明の角度に気をつけないと、顔が陰になっちゃいそうだけど」

「レフ板を調整するのが面倒臭いタイプの写真だな」

そんな話をしながら目を合わせて、思わず苦笑を交わした。

「……なんか懐かしいね、こういうの」

「そうだな」

俺も頷き、再び眼下の光景に視線を戻した。

インフルエンサー、そしてアイドルとして一世を風靡(ふうび)した『災禍の悪夢(ナイトメアディザスター)』。

しかし、その勢いは最初からあったわけではない。

色んな場所、色んな衣装で写真を撮り、一定のペースでネットに上げていくのは一介の中学生にはそりゃあもう大変だった。主に金銭面が。

だから俺たちは少しでも節約するべく、足がパンパンになるまで自転車を乗り回してロケ地を探したり、こうして高いところから景色を見回して映(ば)えそうなスポットを探したりしたものだ。

「活動が軌道に乗ってからは資金に困らなかったけど、最初の頃はほんと火の車だったよね」

苦笑いで当時を振り返る凪に、俺はじとっとした目を向けた。

「……後半もたまにお前の無駄遣いで資金不足に陥ったけどな。宝石はやり過ぎだろ、宝石は」

「うぐ……その節はご迷惑をおかけしました」

自分でも酷いと思ったのか、凪は呻きながらも素直に謝った。

それに軽く笑い返しながら、俺は昔を懐かしむ。

「けど、あの頃は毎日楽しかったな。お前はめちゃくちゃな奴だったけど、それに振り回されるのは悪くない気分だった」

「……うん」

俺の感想に、凪は少し寂しげな微笑を湛えた。

「来栖君にとっては、きっとあの頃が一番よかったんだろうね。今の私といるよりも、ずっと」

「……そんなふうに思ったりはしてねえよ」

自虐に近いその言葉を俺は否定する。

しかし、凪には届かなかったのか、彼女はゆっくりと首を横に振る。

「気を遣わなくていいよ。分かってるんだ、みんなメアを望んでるって。復帰してほしいとか、やめるなんてもったいないとか、そういう声をいっぱい聞いてきたから。みんな、私よりメアのほうが好きなの、知ってるし」

そう言いつつ、凪は俯いて唇を噛んだ。

「けど……じゃあ凪はなんのためにいるんだろうね？　誰の視界に入ってるの？　これじゃ凪なんて、いてもいなくても変わらないじゃん」

――知っている。

その悩みは知っている。

初めて会った日、俺が凪に吐露したのと同じもの。

自分が誰の心にも残っていない不安、苦しさ、自分の価値を見失うような怖さ。

それを、他ならぬ俺は痛いほど知っている。

「顔も知らない他人じゃなくて自分の決めた価値で生きろよ。そう言ったのはお前だろ」

だから、俺は昔の彼女と同じ言葉を投げかける。

凪は涙を浮かべた目で、真っ直ぐに俺を見つめてきた。

「……分かってる、そんなこと！　顔の知らない他人なんて今だって気にしない！」

彼女は縋り付くように俺の手を掴んできた。

「けど……来栖君は違うでしょ！　ずっと、それだけが気になってるのに」

ああ——そうか。

そうだよな。俺だって凪の気持ちがずっと気になってた。

だからここまで頑張ってきたんだ。

それを、きちんと伝えなければ。

「俺はただ……悪くなかったなって、思ってほしかったんだ」

ぽつりと、懺悔にも近い気持ちで俺も心の底にあった気持ちを吐露する。

「俺は……俺はさ、メアと一緒にいたのが楽しかった。俺にとって一番大事な思い出。俺はメアに救われたんだ」

あの時メアに会えなかったら俺はどんな人間になっていたんだろう、そう思うと怖くなるほどに、あの出会いは特別だった。

けど――それが永遠に続くものだなんて思ったことは、一度もない。

「メアがいつまでもそのままなんて思ってなかったさ。俺が変わったように、いつかお前も変わる。そんなこと最初から分かっていて……変わっても、友達でいたかった」

中二病なんて夕焼けみたいなもの。

昼(こども)と夜(おとな)に挟まれた、ほんの一時しかない輝き。

それを永遠に続けようとなんて思わなかったけど、俺は大人になってからもその時間があったことを大事にしたいと……そう思っていたのだ。

「でもお前は、メアだった頃のことを全部否定しちまった。出会って、共に過ごして、お前を見送ったこと。俺にとっては全部宝物だったけど、お前にとってはただの忘れたい黒歴史になってると思うと、どうしようもなく嫌だった。うん、正直に言うと傷ついた」

かつて仲の良かった友人が、俺のことをどうでもいい奴だと思っていたと知った時のように。

メアとの思い出も、また俺の独り相撲だったのかと。

それがたまらなく怖くて、認めがたくて――だから俺は決めたのだ。

この選挙を通じて俺が達成すべき、俺だけの目標を。

「だから俺はずっと……俺もメアもとんでもなく痛い奴だったけど、それはそれで悪い思い出じゃなかったなって、あの頃も楽しかったなって……そう思ってもらいたかったんだ」

選挙を通じてメアみたいなことをさせていたのは、そのためだった。

少しでもいい。メアのやり方を否定しないようになればと思って。

それが、凪を勝たせようとしていた陰で、俺が必死に企んでいたことの全てだった。

「そんなの……」

俺の懺悔を聞いた凪からは、言葉とともにポロポロと大粒の涙がいくつも零れる。

「そんなの……初めから思ってるよ。来栖君に会えてよかったし、一緒にいて楽しかったし、馬鹿みたいに痛々しい二人だったけど、それはそれで大事な思い出だったって。だから……だからこそ、今の私は昔の私に負けたくなかっただけなのに」

──今この時が、あの楽しかった思い出に負けないくらい大事なのだと言いたかった。

そう、凪は絞り出すような声で言葉を紡いだ。

「………そうか。ああ、そうか」

俺は今に負けないくらい昔もよかったんだって思ってほしくて。

凪は昔に負けないくらい今も楽しいのだと証明したかった。

お互いずっと逆の方向を向いて、だけどきっと同じことを言っていた。

「……お互い遠回りしたな」

「空回り、のほうが近いけどね」

揃って苦笑する俺たち。

遠回りで空回り、いつまで経ってもやっぱりどこか痛々しい二人で。

でも、その痛々しさが愛おしい。

そこに、俺たちだけの大切なものがあるって、今は確信できるから。

その時、ピンポンパンポン、と校舎のスピーカーから軽快な音が聞こえてきた。

『選挙管理委員会です。投票の集計が終了したので、ただ今より、選挙結果を発表いたします』

無機質な言葉が響いた瞬間、凪がきゅっと俺の袖を握ってくる。

その手を俺の手で包んでやると、彼女は軽く目を見開いた後、安心したように笑って握り返してきた。

そうして、二人で運命の宣告を待つ。

『陸奥一颯さんの獲得票数、四百十一票。十七夜凪さんの投票数、四百二十三票。よって、今年度の生徒会長は――十七夜凪さんに決定しました』

瞬間、俺たちは弾かれたようにお互いを見た。

その顔が驚きに染まっていたのは一瞬。

すぐに喜びが爆発して、俺たちは思わず抱き合った。

「やっ……ったー！　やったよ、来栖君！」

「おう！　おめでとう、凪！」

俺に抱きついたままぴょんぴょん跳ねる凪に笑いながら、祝福の言葉を述べる。

「ありがとう！　来栖君のおかげだよ」

至近距離から、清々（すがすが）しい笑顔を見せる凪。

不覚にもそれにドキッとしてしまった俺は、誤魔化すように空を見た。

と、そこであるものを発見し、ふと昔の思い出が頭を過ぎる。

「こうなるとお祝いがいるな。俺からの贈り物、受け取ってくれ」

パチンと指を鳴らした俺は、その手で凪の背後を指差した。

指差すほうに凪が振り向けば、そこには雨上がりの夕焼けに虹が架かり、美しく空を彩っている光景が広がっている。

「綺麗……だけど、ばか」

一瞬、景色に見惚れた様子の凪だったが、俺の仕草が誰のオマージュだったか察したようで、少しだけ唇を尖らせた。

「もう。どうして素直に感動させてくれないかな」

拗ねた様子の凪に笑いながら、再び景色に目を向けた。

あの頃と同じ夕焼けの虹を、あの頃とは違う俺たちが眺める。

――けど、それでいいと思った。

今見ているこの虹は、あの頃に負けないほど綺麗だと思うから。

エピローグ　きっと特別ではないけれど。

「まったく、まんまとやられたよ」

　昼休み。

　生徒会の引き継ぎということで生徒会室にやってきた俺たちに、陸奥先輩は溜め息交じりの苦笑を浮かべた。

「まさかあの勝ち筋に気付くとは思わなかった。念押しをしに行ったつもりだったけど、藪蛇になっちゃったかな？」

　選挙の顛末について訊ねてくる先輩に、俺は不敵に笑い返す。

「どうでしょうね？　あのヒントがなくても、俺には保険のプランがありましたから。結果は変わらなかったかもしれないですよ」

「え、そうなの？　私もそれ初耳なんだけど」

　俺の口から語られた計画に驚きを見せたのは、凪だった。

　そんな彼女に、俺は自信満々に頷いてみせる。

「ああ。最終手段として、先輩を口説き落として辞退してもらおうと考えてました」

　ハニートラップみたいで嫌だったが、いざとなったら手段は選んでいられない。

ちまちま何百票も取るより、陸奥先輩の一票を取ってしまえば勝ちなのだから。

「…………やっぱり藪蛇だったみたいだね」

「…………めちゃくちゃ酷い負け方するところだったんだ、私」

ドヤ顔で語る俺に、女子二人は何故か頭痛を堪えるように頭を押さえていた。あれー？

「はあ……まあいいや。私を倒せるくらいの二人なら、これから頼りになるしね」

先輩は一つ溜め息を吐くと、気を取り直したように背筋を伸ばした。

昨日の開票後、陸奥先輩は教師に副会長就任を打診され、それを受けたという。

よって昨日の敵は今日の友的なシステムで、陸奥先輩は生徒会の仲間入りを果たしたのだった。

「こ、こちらこそ、教わることばかりだと思いますので、よろしくお願いします」

ちょっと緊張した様子で一礼する凪に、先輩も頷く。

「うん。これからよろしくね、会長さん」

そう爽やかに笑う先輩に、凪がほっと一息吐きかけた——その時だった。

ドサッと、先輩が凪の前にあった机に大量の紙資料を置く。

「え、えっと……これは？」

「生徒会長の最初の仕事。旧校舎部活連合なんて前代未聞のシステムを作ったんですもの。各種手続き及び、予想されるトラブルとその対策、その根回しまでの資料を作っておいたから、これ使って職員室で旧校舎系部の顧問の先生たちと話し合ってね？」

にこりと笑いながら凄まじい仕事量を振ってくる陸奥先輩。

その悪意ゼロな雰囲気に、俺は思わず戦慄する。

この人……自分が有能すぎて、加減が分からないタイプだ！

自分を倒した凪なら自分以上のスペックを持っているに違いないし、このくらい余裕と思ってる節すらある。

こういうのは初めが肝心。できませんというべきだ。

「が、がんばります……」

——が、コミュ障凪ちゃんに、先輩に逆らう度胸などあるはずもなく。

引きつった表情で、震えながら紙資料を抱えるのだった。

「……手伝おう」

「うぅ……ありがとう。来栖君」

旧校舎部活連合を立案した本人としては、放置するのも忍びなく、紙資料の半分を持つことに。

持ち上げた途端、ずしりと来る重さが腕にかかり、肩関節が悲鳴を上げる。

「……生徒会の作業、電子化したほうがいいんじゃないですか？」

「古い体質の学校だから、大事な資料は紙で残せっていう保守的な先生が多いのよね」

渋い顔で要望を伝える俺に、先輩は肩を竦めて溜め息を吐いた。

「ま、そこは新会長さんに頑張ってもらいましょうか。私も手伝うので」

「うぅ……が、頑張ります」

笑顔の先輩に対して、涙目になる凪。

しまった、手伝うつもりが逆に仕事を増やしてしまった。

「じゃ、行ってきます」

「はい、行ってらっしゃい。残りの作業はこっちでやっておくから任せて」

ひらひらと手を振る先輩に見送られ、俺たちは廊下に出る。

「……先が思いやられるな」

「本当に……」

思わず、二人して遠い目をしてしまった。

「いかん。始まって早々、暗いことばっかり考えてちゃ駄目だな。いいことを考えよう」

思わずネガティブの世界に引きずり込まれそうになった思考を、無理やりポジティブの世界に引き上げる。

凪も賛成なのか、こくこくと首を縦に振った。

「た、確かに。あ、そうだ。いいことなら一つあったよ。昨日、事務所に連絡したら、正式に契約終了を認めてもらえたんだ」

「そっか。じゃあ、今度こそメアは引退だな」

そう口にすると、思った以上の感慨深さが胸に満ちた。

あの日、黄金に輝く夕日の中で出会った、不思議な少女とのデタラメに楽しい日々。

それが二度と戻ってこないのだと、改めて自覚したからだろう。

「……やっぱり、後悔してる？　私の選挙を手伝ったこと」

不安そうに、こちらの顔色を窺ってくる凪。

そんな彼女に、俺は少し呆れた笑いを浮かべてしまう。

まったく、どこまで行っても自分に自信がない奴め。

「まさか。メアとしてやりたいことは全部やりきって終わったんだろ？　なら、ハッピーエンドだ。これ以上望むものはないさ」

「……そうだね」

神妙な表情で、噛み締めるように呟く凪。

俺が感慨深さを感じたように、凪にもきっと感じる部分があるのだろう。

とはいえ、既に生徒会としての初仕事も始まっている以上、早いところ切り替えてもらわなければ。

「それに、いつまでも昔のことばっかり振り返っていられないぞ。今度からあの陸奥先輩をお前一人で引っ張っていかなきゃいけないんだから」

「そ、そうだった。これからは私一人で先輩を……一人で？」

凪は慌てたような顔をした後、ピタリと足を止めた。

「おい、これ重いんだから早く職員室行くぞ」

「あの、つかぬ事をお聞きしますが」

合わせて足を止めた俺が促す声も聞こえないのか、凪は錆び付いたブリキ人形のようなぎこちない動きでこちらを見た。

「なんだ、急に」

「来栖君って、生徒会入らない系……？」

「そりゃそうだろ。入る理由ないし」

恐る恐るという感じで放たれた問いに、俺はさらりと肯定する。

今日も単に推薦人の義務として、生徒会の引き継ぎに立ち会っただけだし。

「待って待って待って⁉　それは無理！　一人じゃ陸奥先輩に負けちゃう！　完全に摂関政治みたいになる未来が見えるよ！」

青い顔をして右往左往する凪に、俺は少し考えてから答える。

「むしろ、生徒のためを思ったらそっちのほうがいいんじゃないか？」

「そうかも……いや、そうかもじゃないよ⁉　そんな無責任なことできるわけないでしょ！　あんなに清き一票求めてたのに！　ていうかあんなワーカホリック気味な人が摂政になったら私が過労死しちゃうよ！　助けて、来栖君！」

「えー……いやほら、俺は写真部の立ち上げで忙しいし」

「うぐぅ……そ、そうかもしれないけど！」

「あと俺も過労死したくないし」

「そっちが本音でしょ！　助けて来栖君！　私一人じゃ絶対無理！」

半泣きで詰め寄ってくる凪に、俺はわざとらしく悩んだ素振りを見せる。

「さて、どうしたもんかね？　条件次第では受けてもいいけど」

「じょ、条件って？」

警戒心を露わにしながら訊ねてくる凪。

そんな彼女に、俺は条件を伝える。

「今度、また写真撮らせろ」

「な、なんの写真？　また被服部の時みたいなの？」

トラウマが蘇ったのか、俺から一歩距離を置く凪に、苦笑を浮かべた。

「安心しろ、そういう写真じゃない。もっと普通の写真さ。今みたいな日常の」

俺が再び歩き出すと、凪も小走りで追いかけてくる。

「……アルバムを作ろうと思ってさ」

彼女が隣に並ぶのを待ってから告げると、それが意外だったのか、凪は目を丸くした。

「アルバム？　それならいいけど……急だね。写真部を立ち上げたから？」

「それもあるけど、それだけじゃないな」

――昔とは違う写真を撮りたくなったのだ。

昔の俺はメアの写真を撮り、ネット越しの広い世界に訴えていた。

自分はここにいるのだと。これは、自分がいなければ生み出せなかった写真なのだと。

それが、メアが俺に示してくれた『特別』。

どこにでもいる平凡な俺が、自分が無価値な存在であるという現実に抗うための武器だった。

けど、きっと今の俺は、顔も知らないどこかの誰かに、そんなことを訴えなくてもいいと思える。

だって特別な存在ではなくなった凪を、こんなにも大事に思えるから。

きっと俺も、子供の国から卒業したのだろう。

だから世界中の誰に訴えるでもない、ただ俺と凪のアルバムに残すためだけの写真を撮ってみたくなったのだ。

「まあ、またいつか凪がキャラ変しちゃうかもしれないし？　清楚系生徒会長キャラのうちに撮っておこうかと思って」

だけど、そんな心情を素直に告げるのはどうにも照れくさくて、俺は茶化した言葉を口にする。

「キャラ変なんてもうしないよ」

不満そうに頬を膨らませる凪に、俺は軽く笑ってみせる。

「そうか？　今度はめっちゃ陽キャなギャルとかになるかもしれんぞ」

「まったく想像できないけど。どう足掻(あが)いてもそうはならないでしょ」

「ああ。確かにそんなコミュ力もなさそうだしな」

「そこで納得されるのはすごく不本意！　否定はできないけど！」

――特別を目指した俺とメアの物語は、ハッピーエンドで終わった。

ここから始まるのは、俺と凪の新しい日々。

きっとどこにでもいる二人の、ごく普通の物語。

あとがき

初めての方は初めまして。

前作から読んでいただいている方はお久しぶりです。

三上(みかみ)こたです。


さて、今回のお話は元中二病ヒロインとのラブコメ！

人が誰しも持っている、青春時代の痛い失敗。

うっかり中二病の才能があったばかりに、人より大きめのダメージを負ってしまった少女と、それにノリノリで付き合っていた少年が主人公となります。

中二病は治ってからが本番。

過去の自分の所業に悶えながらも、それを乗り越えることで人は大人になっていくのでしょう。

そんな大人への第一歩を踏み出した少年少女の物語を楽しんでいただければ幸いです。

ちなみに三上もこの作品を執筆中、自分の中学時代の黒歴史を思い返して数回のたうち回りました。
通常の執筆作業とは違う、心の柔らかい部分をごりごり削られる謎のダメージを負いながらも頑張って完成させたので、その分だけいいものに仕上がっていてくれと祈りながらこのあとがきを書いています。

最後に謝辞を。
素敵なイラストを描いていただいたゆがーさん。
今回、原稿遅めだった三上に根気強く付き合ってくださった担当さん。
誤字脱字でとってもお世話になった校正さん。
その他、この作品にかかわってくださった関係者のみなさん。
最後に、この本を手に取っていただいた読者のみなさん。
本当にありがとうございました。

三上こた

あとがき。
LOVE×ア♡

ファンレター、
作品のご感想を
お待ちしています。

あて先

〒112-8001　東京都文京区音羽2-12-21
(株)講談社ライトノベル出版部 気付

「三上こた先生」係
「ゆがー先生」係

より魅力的で楽しんでいただける作品をお届けできるように、
みなさまのご意見を参考にさせていただきたいと思います。
Webアンケートにご協力をお願いします。

https://lanove.kodansha.co.jp/form/?uecfcode=enq-a81epi-49

うちの清楚系委員長がかつて中二病アイドルだったことを俺だけが知っている。

三上こた

2024年6月28日第1刷発行

発行者	森田浩章
発行所	株式会社　講談社 〒112-8001 東京都文京区音羽2-12-21
電話	出版　(03)5395-3715 販売　(03)5395-3605 業務　(03)5395-3603
デザイン	松浦リョウスケ(ムシカゴグラフィクス)
本文データ制作	講談社デジタル製作
印刷所	株式会社ＫＰＳプロダクツ
製本所	株式会社フォーネット社

KODANSHA

ISBN978-4-06-535181-9　N.D.C.913　275p　15㎝
定価はカバーに表示してあります